異世界スーパー幼女村長《そんちょう》

SUPER YOUJO SONCHO

裏ダンジョンで暮らしていた幼女ですが、のんびり村長ライフ始めました

弥生志郎
SHIROU YAYOI

[illust.]
夜ノみつき

シルヴィア
ニア

異世界スーパー幼女村長☆彡
裏ダンジョンで暮らしていた幼女ですが、のんびり村長ライフ始めました

弥生志郎

MF文庫J

口絵・本文イラスト●夜ノみつき

prologue
プロローグ

目が覚めて真っ先に思ったのは、わたし死んじゃったのかな、ってことだった。

というのも、わたしが今いるのは、見覚えのない仄暗《ほのぐら》い洞窟みたいな場所で。

そして目の前には、骸骨の顔をした死神みたいな人がいたからだ。

「起きたようだな。……大丈夫か」

こんなの、きょとん、とするってもんですよ。

貴族のような服を着た死神さんを、たっぷり一〇秒くらい見つめて、

「わっ、びっくりした。死後の世界って本当にあったんだ。……でも、わたしのお迎えが死神さん、かあ。こういうのって、天使のお仕事だと思ってたのにな」

「不思議なくらい落ち着いているな。君のようないたいけな娘であれば、我を見れば怯《おび》えるものなのだが。……君、名前は言えるか？」

「えっと、七瀬《ななせ》有架《ありか》、です。小学一年生になりました」

「……ショウガクイチネンセイ？」

「そっか、これじゃ伝わらないのかな？　じゃあ……七才になりました」

「七つか、それは随分と幼いな。……ではアリカ、君が何故《なぜ》ここにいるか理解出来るか？」

何故、って言われても気が付けばここにいたわけで。最後に覚えてるのは……そうだ。

わたし、小学一年生になって初めて家出をしたんだ。

昔からお父さんは会話してくれなくて、料理も掃除も全部自分でして、風邪《かぜ》をひいても病院に連れて行ってくれなくて。それが嫌になったから学校の帰りにそのまま逃げたんだ。

先生は、ネグレクト、とか言ってたっけ。よく分かんないけど。

それで、昨夜はダンボールに包《くる》まって公園で寝てたんだけど……。

「その様子では、自分の身に何が起こったのか分かっていないようだな。ではアリカ、君はここを死後の世界と言ったが、根本的に勘違いをしている。……君は死亡したのではなく、転移させられたのだ。君からすれば異世界である、この世界に」

「……異世界？」

「君が寝ている間に調べさせてもらったが、何者かに転移させられた形跡がある。こうして我と会話が出来るのも、その何者かが言語を理解出来るよう君に魔法を施したからだ」

ふーん。まあ、死神さんが本当のことを言ってるかなんて分かんないけど。

この人が、わたしを攫《さら》うために変装したハイレベルなヘンタイさんっていう可能性も……いや、やっぱりないかな。骨の質感とかリアル過ぎて、仮装じゃなさそうだし。

「しかし君も災難だったな。まだ子どもだというのに、このような場所に転移されるとは」

「……？　そういえばさっき、何者かに転移させられたって言ったけど、わたしをここに連れて来たの死神さんじゃないの？」

「冗談ではない。君のような子どもを、こんな迷宮に転移させるはずがないだろう」

迷宮？　わたしはきょとんと首を傾《かし》げ――そして、死神さんははっきりと告げた。

「ここは、史上最悪の難易度を誇る迷宮――裏ダンジョン、と呼ばれる場所なのだ」


……あれ？

なんでだろ。それって、何処《どこ》かで聞いたことがあるような……。

「本来であれば、ここは足を踏み入れることすら困難な前人未踏の迷宮なのだ。数百年という歴史の中で一握りの人間が訪れることもあったが、誰一人として帰還を果たしたものはおらぬ――それほどこの迷宮は呪いで穢《けが》れ、凶暴な魔物が巣食っているのだ」

「……へ、へえ。そうなんだ」

裏ダンジョンって名前に嫌な予感はしてたけど、間違いないみたい。

この迷宮、クラスの男子が話してたゲームの内容とそっくりだ。

確か、ラスボスを倒したら、とか。レベル上げとか言ってた気がするけど……うーん、あんまり覚えてないなあ。

「でも、ここがその裏ダンジョンなら、わたしなんてすぐ死んじゃうんじゃない？」

「……いや、そうとも限らないらしい。どうやら、君の身体《からだ》には女神の加護が付与されているようだ。その効果までは分からないがな」

女神？　へえ、この世界ってそんなのまでいるんだ。

「理由は不明だが、おそらくその女神が君をこの迷宮に転移させたのだろう。まったく、加護を与えたとはいえ、無力な少女を転移させるとは何を考えているんだ」

「……もしかしてその女神様って、わたしの願いを叶《かな》えてくれたのかな。お父さんから逃げ出して、ずっと遠い場所に行きたいって思ってたから」

「父親から逃げ出した？　君のような小さい女の子が、か？」

「うん。それくらい、お父さんってわたしに興味がなかったから」

……死神さん、どうしたんだろ。何か、びっくりしたみたいにわたしを見つめてる。

でも、これからどうしようかな。死神さんの言う通りここが危険な場所ならわたしなんてすぐ死んじゃうだろうし、そもそも行く当てなんて何処《どこ》にもない。

「……アリカ。君に相談したいことがあるのだが、聞いてくれるだろうか？」

死神さんは、ぷい、と恥ずかしそうに目を背けて、

「その……我と、共に暮らすつもりはないか？」

「……えっ？」

「ほ、ほら、君一人ではこの迷宮で生き延びることは不可能だろう？　それに、君の父親は酷《ひど》い男だったかも知れないが、我ならば精一杯大切にしよう。い、いや、魔物の我がこ

んなこと言うのはおかしいかもしれないが、ほうっておけないというか……！」

ちょっと待って。だって、一緒に暮らすってことは……。

「ねえ、死神さん。それって……わたしの家族になってくれる、ってこと？」

「むっ……まあ、そうなるのだろうな」

「……そ、そっか。家族、か」

自分でも不思議だった。

ここは史上最悪の裏ダンのはずなのに——胸のどきどきが、止まらなかった。

「うん、そうだね。とりあえずお世話になろうかな。……死神さん、名前は？」

死神さんは、おずおずと手を差し出して、

「我はハデス。この迷宮を統べる冥王・ハデスである。……よろしく、でいいのだろうか」

わたしはこくりと頷《うなず》くと、死神さんの——ううん。

お父さんの手を、握った。


——それから、一〇年という月日が経《た》って。

一七才になったわたしは裏ダンジョンから旅立ち、表世界へと踏み出すことになる。

一章　裏ダンジョンを抜けたら、異種族と魔物の村でした

「――うぅん……」

ゆっくりと瞼《まぶた》を開けたとき、わたしは陽光の射《さ》す森の中で、仰向《あおむ》けに倒れていた。

風に揺れる草花、きらきらと水面《みなも》が輝く泉、そして何処《どこ》までも澄んだ青い空。

それは一〇年ぶりくらいに見た、鮮やかに彩られた景色だった。

「すごいなぁ。……異世界って、こんなに綺麗《きれい》だったんだ」

うん、間違いない。

わたしは、無事裏ダンジョンからこの表世界に転移出来たんだ。

お父さんが後で話してくれたことだけど、裏ダンから出る方法ってゼロじゃないみたい。

たまに外側の世界から裏ダンに来る冒険者って職業の人たちがいて、そのタイミングを狙えば表世界に転移出来るんだとか。

うぅ、でも太陽ってこんなに眩《まぶ》しかったっけ。目がじんじんする……。

「あっ、そうだ。それよりも……！」

わたしはある重要なことを確認するために、泉を覗《のぞ》き込み……がくり、と項垂《うなだ》れた。

水面に映るのは――一〇年前と同じ、わたしの姿。

わたしは――幼女の姿のまま、一七才になっていたのでした。

紅葉《もみじ》みたいな小さな手。流れるような黒い髪。あどけない瞳。家出した時に着ていた小学校の制服。旅の荷物が詰まった真《ま》っ赤《か》なランドセル。

どこからどう見ても、小学一年生の幼女が、そこにいた。

「…………。やっぱり、この姿のまま、なのか……」

実を言えば、これが女神様がくれた加護の効果だったりする。

それは――魔法の素養が与えられる代わりに、永遠に七才の身体《からだ》でいるという加護。

もう呪いなんじゃないかってすら思うよね、これ。

でも、別世界に生まれた人間が魔法を使えるようになるのは女神でもかなり難しいことらしくて、相応の制約というものが必要みたい。

その制約っていうのが、成長が止まっちゃう、っていうことなんだけど……。

「裏ダンジョンを出たら、もしかしたら加護が解けて一七才の見た目になってるかも、って期待してたんだけどなあ……」

女神様、あなたはわたしに一生幼女で過ごせと言うのですか。

いやまあ、加護をくれたことには感謝してるけど。でも、加護があっても魔法を覚えるのはすごく大変で、裏ダンでは何度も死にそうな目に遭ったし……。

「……い、いやいや。いきなりへこんでる場合じゃないって」

何しろ、これからわたしはこの世界で暮らすんだから。

まずは街に行かなきゃ。その後は……その時に考えればいっか、うん。

「問題は、多分この表世界も裏ダンみたいに魔物がいるってこと、だよね。無事に街まで行けると良いんだけど」

用心のためにも、道中で魔物と遭遇することくらいは考えた方が良いだろう。

確か、お父さんは表世界のことを「裏ダンで暮らしてたお前にとっては、大したことのない魔物ばかりだろう」って言ってたけど。弱い魔物ってことは……そうだなあ。

「ケ・ル・ベ・ロ・スとかアークデ・ー・モ・ンとか、それくらいの魔物ならうようよいてもおかしくないよね。もしかしたらもっと強いのもいるかもしれないし、念のために気配は消しといた方がいいのかも」

言いながら、わたしは森を抜けるために歩き出すのだった。

……ちなみに、あくまで余談なんだけど。

実はケルベロスもアークデーモンも、街一つを壊滅出来るくらい凶暴な魔物で、こんなのがそこら辺にいたらとっくに人類滅亡している――そのことを知ったのは、もう少し後のことだったりする。

見知らぬ森でも迷うことなく進めるのは、裏ダンで暮らしてたおかげだと思う。今まで複雑な迷宮に暮らしていたから、探索には慣れていた。

森林浴でも楽しむように、のほほんと数十分くらい歩いて……やがて遠くから聞こえてきたのは、微《かす》かな女の子の歌声。

「わっ、びっくりした。誰かいるのかな……？」

声がした方へと歩を進めて……一〇年ぶりに、魔物以外の存在と出会った。

そこにいたのは、歌を口ずさんでいる小学生くらいの少女。女の子なんて久しぶりに見たからかな、感動しちゃうくらい可愛《かわい》く見えた。

……けど、一つだけとても気になることがある。

どうしてあの娘《こ》、狼《おおかみ》みたいな耳と尻尾《しっぽ》がついてるんだろ？

ぽかんとしていると、少女はわたしに気づいて手を振って、

「こんにちは、ですっ！　あなたも、野草を摘みに来たんですか？」

「えっ……ううん、そうじゃないんだけど。それより、こんな森に一人でいたら危ないよ？」

「えへへ、ララのこと心配してくれてありがとうございます。でも、この辺りは危険な魔物もいませんから大丈夫ですよ？」

ララ、ってきっとこの女の子の名前なんだろうな。あどけない顔には笑みが浮かんでいて……そして、ふさふさの尻尾をふりふりと振っていた。

これって、獣人族、ってことだよね？

お父さんから聞いたことあったけど、会うのは初めてだ。

「でも、ララは慣れていますけど、森の奥に行くと暗くてとっても怖いんですよ？　……ですから、あなたは家族の許《もと》に戻った方がいいですよ。良い子ですから、お姉ちゃんの言うこと、聞いてくれますか？」

「……えっ？　ちょ、ちょっと待って。お姉ちゃんの言うこと、って……？」

「……？　ララ、変なこと言いましたか？」

ララちゃんは、きょとんと首を傾《かし》げて、

「あなたは背が小さいですから、ララよりも幼いのかな、って思ったんです。だから、一人で大丈夫かな、って心配になったんですけど……」

……なるほどなー。

まさか、幼女から幼女扱いされてしまうなんて。まあ、実はずっと年上だって言っても信じてくれないだろうし、説明はしないけど。

「でも、そっか。そんなにわたしって幼く見えるんだね……」

「あっ……も、もしかして違いました？　ご、ごめんなさい、です！　その、ララの方が背とか大きいみたいですし、だから――」

言いながら、ララちゃんはわたしの頭を見つめて……どうしたんだろ。

何故《なぜ》か、そのまま固まってしまったのだ。

「……な、なな──」

「な？」

「──無いですっ！　よく見たら、あなたにはお耳がありません!?」

「髪に隠れて見えないだけで、耳ならあるよ？」

「違います違いますっ！　狼人族《ろうじん》のララみたいな獣耳のことですっ！」

それって、そんなに不思議なことかな。単純に種族が違うってことだと思うけど。

けど、ララちゃんは相当動揺しているみたい。いきなりわたしに近寄ると、

「ごめんなさい──尻尾《しっぽ》、拝見させて頂きますっ！」

スカートの裾をつまみ、ひらり、と捲《めく》り上げたのだった。

露《あら》わになるのはもちろん、わたしの桃色の下着、だ。

足がすーすーしてくすぐったいけど、別に恥ずかしい気持ちにはならなかった。強いていうなら、可愛《かわい》い下着を選んで良かった。もし裏ダンでいつも穿《は》いてたような下着だったら、わたしの顔は真《ま》っ赤《か》になってたと思う。

けど、いきなり女子小学生のスカートを捲る幼女って……。まあ、この娘《こ》にも事情があるんだろうし気が済むまで見せてあげよう、うん。

「し、尻尾もないです……。あ、あなたは、獣人族じゃない、ですか？」

「そうだけど……そういえば、自己紹介が遅れちゃったね？」

わたしは精一杯の笑顔を浮かべて、はっきり口にする。

「わたしの名前はアリカ――人間、です」

「ぎゃ――――――っ！」

わたしが名乗るや否や、ララちゃんは耳と尻尾《しっぽ》をぴーんとさせて、

「にに、人間さん⁉　人間さんですっ！　どうしてこんなとこにいるですか⁉」

「……そんなにおかしいかな？」

「だってだって、ここは人間さんが来ちゃいけないところなんですよ⁉　ララだって、初めて見たくらいですから！」

それって……人間という種族にとって、この辺りは禁足地ってこと？

でも、どうしてだろ。強そうなモンスターとかいる気配ないのに。

「あのあの、人間さんは早く帰った方が良いですよ⁉　お父さんとお母さんは何処《どこ》ですか？　ララが連れて行ってあげます！」

「あっ、えーとね……」

「……どうしたんですか？」

困った。旅をしている、なんて話してもきっと信じてくれないよね。

でも、無理やり逃げたりしたら、ララちゃんが可哀想《かわいそう》だし……そう考え込んでいると、

ララちゃんは突然、わたしの身体《からだ》をぎゅっと抱いた。小さな子どもを慰めるみたいに。

「……ララちゃん？」

「怖かったですよね？　けど、安心してください。ララがきっと、アリカちゃんをお家《うち》まで連れてってあげますから。……迷子になっても泣かないなんて、本当に偉いです」
Q、ここでいう迷子とは誰のことを指すか。五文字以内で答えよ。
A、わ　た　し　で　す。
「えっと、あの、違うのララちゃん！　迷子とかじゃなくて、そう、ちょっと探検してただけなの！　だから一人で帰れる――」

「そんなの絶対いけませんっ！　アリカちゃんは小さいんですから、ララの言葉は聞いてください！　我がままは、めっ、ですよ？」

もう一七才なのに、まさか幼女にめって言われる日が来ようとは……！

ララちゃんはわたしの手を握ると、何処かに案内するように駆け出した。

……まあ、いっか。どうせ行く当てなんてなかったし、このままララちゃんにお任せしても問題ないと思う。それに、ララちゃんの優しさは素直に嬉《うれ》しいし。

ただ、これからもずっと幼女扱いされるんだろうなあ、やっぱり……。

◇

森を出ると、そこは平原だった。仄暗《ほのぐら》いダンジョンで生きていたわたしにとっては、溜《た》め息《いき》が零《こぼ》れるくらい綺麗《きれい》な一面の緑。

そんな平原の中にぽつんと佇《たたず》むのは、まるで西洋の絵本に出てくるような、牧歌的な村。

もしかして、あれがララちゃんが暮らしてる村なのかな？

門を抜けて通りを真《ま》っ直《す》ぐに行くと、わたしたちは村の中心にある、石畳で出来た広場に辿《たど》り着いた。広場の真ん中には水の流れていない噴水があって、そこから円を描くみたいにいくつものお店が並んでいる。

ララちゃんは、広場にいた人影にぶんぶんと手を振った。

「アリアルさんっ！　大変です大変です、大事件なんですっ！」

アリアル、という人が振り返り……その姿に、わたしはきょとんとした。

それは見事なまでの、骨、だった。

どこからどう見ても、そこにいたのは――スケルトン、だったのだ。

「おう、どうしたんだララ。何か愉快なことでもあったのか？」

喋《しゃべ》ってる。スケルトンなのに、当然の権利ですけど？と言わんばかりに喋ってる。

「あのあのっ、ララは森の中で木の実を集めてたんです！　そしたら女の子がいてけどお耳と尻尾《しっぽ》がなくてそれに迷子みたいで！　だからララはお家《うち》に帰してあげたくて……！」

「……んん？　なんだそりゃ。迷子って、その友達が？」

アリアルさんはわたしをちらりと見て、そのまま石のように固まった。

……そして。

「――うわあああああああああっ！　人間の幼女だあああああああああ!?」

まるで幼女に怯《おび》えるように、アリアルさんは村に響き渡るくらいの悲鳴をあげた。

……いやでも、これって立場が逆なのでは？　幼女とスケルトンなんだし、本当ならわたしの方が驚くべきなのでは。

「お、おいおいマジかよ。人間なんて数十年ぶりに見たぞ……。っていうかこんな小さい女の子なんて初めて見たかもしれねえ……」

「……えっ？　人間を見るのが、数十年ぶり？」

疑問に思ったその時、背後からざわざわと人の声。

振り返れば、そこには村人らしき人たちが集まっていて――その誰もが、一目で分かるくらい不思議な人ばかりだった。

尖耳《とがりみみ》をしたエルフのお姉さんがいた。筋骨隆々のオークのおじさんがいた。ララちゃんみたいな獣人族の子どもたちがいた。そして、人型のトカゲであるリザードマンがいて、全身もふもふな人狼がいて、ツギハギだらけの肌をしたグールがいた。

そこにいるのは――異種族と魔物ばかり、だった。

その中で、額に一本角を持つお姉さんが取り乱しながら、

「わわっ！　ど、どうして人間の女の子なんているの⁉　い、いや、それより私たちどうするべきなんだろ？　人間が来るなんて初めてだし……！」

村人のみんなは慌てるばかりで、広場は喧騒《けんそう》に包まれる。

その中で、呆然《ぼうぜん》としているのはわたしだけだ。どうしてこの村には異種族と魔物ばかりなのか、疑問を抱くばかりで……そんなとき、隣からララちゃんの声。

「アリカちゃん……？　怖く、ないですか？」

「えっ？　……その、何ていうか」

そりゃまあ、怖くはない。何しろ裏ダンには魔物なんてごろごろいたわけで、正直魔物がいない生活なんて考えられないレベルなのだ。

けど、何もしないのは不自然だし……やるしかない、か。

そう覚悟を決めた直後、わたしはララちゃんの小さな胸の中に飛び込んだ。

演技のポイントは、照れも恥じらいも投げ捨てること、だ。

「──うわあああん！　怖いよ、ララお姉ちゃん！　わ、わたし、食べられちゃうのかなあ……？」

「そ、そんなことないです！　ララが絶対に何とかしてあげますから！」

ああ、ララちゃんって本当に優しい……けどその優しさが今は苦しい……。

ララちゃんはわたしの背中を撫《な》でながら、アリアルさんを見ると、

「ら、ララはどうするべきですか？　アリカちゃん、人間さんですけど迷子なんです。だから、だからララは何とかしてあげたくて……」

「あ、ああそうだな。まずは事情を聞きたいけど俺らが相手じゃ怯《おび》えるだろうし、とりあえず村長のとこに——ああ、くそっ。そういえば無理だったな、それは」

アリアルさんは困ったように、頭をがりがりとかくと、

「じゃあ、シルヴィアのとこにその幼女を連れてってくれるか？　あの娘《こ》だったら、このアリカって娘も平気だと思うしよ」

「はいっ、分かりました！　アリカちゃん、もう大丈夫ですよ？」

「ぐすっ……うん。ありがと」

まさか、一七才にして幼女に慰められる日が来ようとは……。

ちょっとした辱めを受けながら、わたしはララちゃんと一緒に広場を離れる。背後を見ると、アリアルさんは村人のみんなにわたしのことを説明していた。

やっぱり、人間はわたしだけ、だよねえ。

わたしが案内されたのは、広場から少し離れた一軒家だった。

「すみませんシルヴィアさん！　ララです、ララは困ってるんですー！」

ララちゃんの呼び掛けに扉が開き――現れたのは、一〇代半ばくらいの少女。

「あっ……どうしたの、ララちゃん？　私に何かご相談、かな？」

その瞬間、わたしは我を忘れてしまっていた。

それくらい綺麗《きれい》な少女だった。背中まで届く長髪は清流のような水色で、ドレスのような服装に身を包むその身体《からだ》は、見惚《みと》れちゃうくらい美しい。わたしが男の子だったら一目《ひとめ》惚《ぼ》れしてたんじゃないか、って本気で思っちゃうほどだ。

そして、何よりも目を惹《ひ》くのが、両手で抱いている青色のぷよぷよした生き物。

なんとその少女は、スライムを抱きかかえていたのだ。

「大変なんです！　ララがお外に出たら人間さんの迷子がいて！　それで、アリアルさんが、シルヴィアさんなら何とかしてくれるって……」

「人間……？　え、ええっ⁉　ほんとだ、人間の女の子がいる……。ど、どうしよ、とりあえずお茶とお菓子の用意をした方が良いのかな……？」

あわあわと慌てる女の子。わたしはといえば、その腕の中にいるスライムに興味が隠せないでいた。

「へえ、スライムなんて初めて見た。……可愛《かわい》いなあ、この子」

「……可愛いって、この子が？」

少女がきょとんとしたのは、一瞬だった。

突然、さっきの動揺が嘘《うそ》みたいに、にこにこした笑顔を浮かべると、

「うん、そうなの！　スライムって何処《どこ》にでもいるモンスターだけど、見てると癒《いや》されるんだよね。人間の女の子なのに分かってくれるなんて、嬉《うれ》しいなあ」

「このぷるぷる震えてるところとか、最高にぐっときますよね」

「そうそう！　守ってあげたいっていうのかな、見てるとつい時間を忘れ――」

「あ、あのあのっ！　今はスライムよりも迷子のアリカちゃんを……！」

ララちゃんの言葉に、スライムのお姉さん――もとい、シルヴィアさんは恥ずかしそうにはにかむと、

「あっ、ごめんね。とりあえず、お家《うち》に上がってくれるかな？　お話はそれから、ねっ？

……ララちゃんもありがとう。後は私に任せて？」

「はいっ！　アリカちゃん、もう大丈夫ですよ？　異種族さんも魔物さんも、みんな優しい人たちばっかりですから。きっとお家に帰してくれます！」

そう言い残し、ララちゃんは大きく手を振りながら去って行く。

本当に優しい女の子だな。わたしには、ララちゃんみたいな耳も尻尾《しっぽ》もないのに。

「アリカちゃん、って名前なんだね。年齢も言えるかな？」

「えっと……アリカ、です。とりあえず七才です」

「ララちゃんと同じくらいだね。ちゃんと自己紹介出来るなんて偉いなあ。でも、無理し

ドー

て敬語を使わなくてもいいよ？　私のこと、お姉ちゃんだって思ってくれると嬉《うれ》しいから」

「お、お姉ちゃん……？　う、うん。ありがと、シルヴィア」

シルヴィアは、よしよし、と優しい手つきでわたしの頭を撫《な》でた。

むう。この人もわたしのこと子ども扱いするのか……。でも、どうしてだろう。

頭を撫でられているのに、それが不思議と心地良いのだ。

……あれ？　もしかしてわたし、可愛《かわい》がられて喜んでる？

い、いやいや。そんな馬鹿な。わたしだってもう一七才なわけで、こんなの恥ずかしいだけのはずなのだ。嬉しいなんてきっと気のせいだろう、うん。

案内されるままにテーブルに着くと、やっと今まで不思議だったことを口に出来た。

「ねえ、シルヴィア。この村って、異種族と魔物ばっかりだよね。どうして？」

「アリカちゃん、この村のこと何も知らないの？　……そっか。じゃあ、大事なことだからちゃんと言わなきゃいけないね」

こほん、と軽く咳払《せきばら》い。

そして、まるで旅人を歓迎するような言葉を口にするのだった。

「ようこそ、アリカちゃん。ここは世界でたった一つの、異種族と魔物が共存する村――ラフィール村、です」

「異種族と魔物が……？　そっか、だからわたしみたいな人間って珍しいんだね」

「あ、あれっ？　アリカちゃん、あんまり驚かないんだね……」

「ううん、これでもびっくりしてるよ？」

そう、実際驚いてる。だってまさか、裏ダン以外にも魔物が人間のように生活する土地があるなんて、思いもよらなかったから。

つまりわたしが最初に訪れた記念すべき村は、異世界でもかなり特別な村、らしい。

「魔物の中には、ごく稀《まれ》に自我を持ったり、人間と同じくらい賢い魔物が生まれることもあるの。でも、魔物が普通の村で暮らすなんて難しいよね？　そんな、平穏に暮らしたいけど出来ない異種族や魔物のみんなが、この村に辿《たど》り着いて暮らしてるんだ」

シルヴィアは、にこりと笑いながら、

「だから村人たちにとって魔物は、人々に害を為《な》す悪者じゃなくて、人々と支え合う仲間なんだよ？　その子みたいに、ね」

シルヴィアの視線を目で追うと、そこにはわたしの足に擦り寄っているさっきのスライム君。その姿は健気《けなげ》で愛らしくて、思わず膝の上に乗せてみた。

うわあ。初めて触ったけど、むにむにしててすごく気持ち良い。

「アリカちゃん、スライムのこと怖くないの？　これでも一応、魔物だよ？」

「だって可愛《かわい》いよ？　スライム。わたし、可愛いものなら何でも大好きなんだ。それが動物でも、魔物でも。……あっ、ぷるぷる震えてる。あはは」

「……良かった、アリカちゃんが魔物を嫌わない女の子で。人間って魔物を怖がる人が多いんだ。この村に人間がいないのも、それが理由の一つだもん」

そっか。だからみんな、わたしを見て驚いてたのか。……ん？

「でも、シルヴィアもこの村の村人さん、なんだよね？」

「この村に来たばっかり、だけどね。まだ一年くらいしか暮らしてないもん」

「だけど、シルヴィアもわたしと同じ人間に見えるよ？　それはいいの？」

「……あはは。さあ、どうしてかなー？　実は、私はちょっと特別なんだ」

特別……？　でも、普通の耳や尻尾《しっぽ》のないお尻とか、やっぱりどう見ても普通の人間だ。あえて特筆するなら……服の上からでも分かる大きな胸、だろうか。

ずるい、と思う。わたしも同じくらいの年齢なのに、こんなに違うなんて不公平だ。まあ、わたしの場合は加護で永久ロリになっちゃったから仕方ないんだけど……。

「アリカちゃん、どうしたの？　私のことじーっと見て」

「いや、シルヴィアって胸にも二匹のスライム飼ってるのかなー、って」

「……？　ううん、今いるのはその子だけだよ？」

素で返された。

そっかー、自覚がないのかー。良いなあ……。

「ごめん、何でもない。聞かなかったことにして……」

「そう？　えっと、どこまで話したっけ。……そうそう、この村は異種族とか魔物ばっかりだから、アリカちゃんみたいな女の子はびっくりしたよね。でも、もう大丈夫だよ？　私がアリカちゃんのお家《うち》まで連れてってあげるから」

「それなんだけど……実は、迷子とはちょっと違うんだ」

ぽかん、とするシルヴィアに、わたしは思い切って話す。

「わたし、旅人なんだ」

「……うんうん、分かるよー。女の子でも冒険したくなる時ってあるもんね。でも、もうそろそろ帰らなきゃ。良い子だからお姉さんの言うことは聞いてね？」

「い、いやいや。本当だってば。ほら、これがその証拠だよ」

背負ってたランドセルから、いくつもの革袋を取り出す。中にあるのは、非常用の食糧とか喉を潤すための水とか、転移した後のために用意していたものだ。

革袋の一つから銀色に輝く鉱石を取り出すと、シルヴィアは感嘆の溜《た》め息《いき》を零《こぼ》して、

「わあ、すごく綺麗《きれい》だね。まるで宝石みたい」

しかも、これは未開の迷宮である裏ダンジョンの奥底にしか存在しない超レア物なのだ。これだけ珍しい物であれば、きっととてつもない価値があるはず。

「これをお金にするために、換金出来そうな場所を探してるんだ。それで、この世界の何処《どこ》かでのんびり暮らしたい――それが、わたしの旅なの」

一〇年も暮らしていた裏ダンジョンを旅立ったのは、実にシンプルな理由だ。

毎日を幸せに思えるような、ゆったりした日々を過ごしたい。それに尽きる。

裏ダンジョンというのは迷宮だけあって、魔物に襲われる危険もあるし、食べる物も着る物も全て自給自足という、サバイバルみたいな生活なのだ。

今までは、それでも良いかなとも思ってた。裏ダンでの暮らしにも慣れていたし、何よりもお父さんがいたから。それだけで、わたしには十分過ぎる生活だった。

それでも旅立ちを決心したのは、そのお父さんの言葉からだ。

この昏《くら》く小さい世界だけでなく、陽《ひ》に当たった大きい世界を知りなさい――だからこそ、わたしはこの世界で暮らそうと決めたのだ。

「アリカちゃんの旅？　……そっか、そういうことなんだ」

果たして、どれだけわたしの熱意が伝わったのだろう。シルヴィアは、わたしが手にした鉱石を物珍しそうに見つめて、

「もう、駄目だよ？　お家《うち》にあるもの勝手に持ち出したら。しかも売ろうとするなんて、お父さんとお母さんが悲しんじゃうよ？」

うん、そんな気はしてた！　だってわたし、幼女だもん！

「そ、そうじゃないってば。えーっと……」

必死で考えても打開策は浮かばなくて……ようやく、わたしは現実を受け入れた。

この世界では、わたしは幼女として生きなければならない、らしい。

「……実は、おつかいに来たんです。おとーさんとおかーさんに、この大切な石をお金に換えて欲しい、って」

「そっか、それでこの辺りまで迷い込んじゃったんだね。でも、小さな子どもに一人でおつかいさせるなんて、良くないと思うけどなあ」

シルヴィアはわたしに手を差し出すと、

「じゃあ、私が換金に付き合ってあげる。この村にもアイテム屋さんがあるから、はぐれないように手を繋《つな》いで行こっか？」

「……もう、また子ども扱いする。そんなの平気だってば」

「だーめ。またアリカちゃんが迷子になったら大変でしょ？」

……まあいっか。シルヴィア、本気でわたしのこと心配してくれるみたいだし。

思えば、女の子と手を繋ぐなんて生まれて初めてかもしれない。シルヴィアの手は柔らかくて、こんなにあたたかいのかって驚いてしまうくらいだ。

その瞬間、ちょっとだけ、ほんのちょっとだけだけど。

幼女になるのも悪いことばかりじゃないのかな、なんて思ってしまった。

「きゃーっ！　あなたが噂《うわさ》の人間の女の子ね！　へー、本当に耳も尻尾《しっぽ》もないんだ。可愛《かわい》いなあ。ねえねえ、少しだけ触っても良いかしら？」

「ええ、全然構いませんよ？」

通りすがりの犬耳をした若い女性はわたしの頭を思う存分撫《な》でると、「今日は素敵な日になりそう、無事に帰れるといいわね」と告げて去って行った。

もうすっかり子ども扱いされるのに慣れたのも、アイテム屋に向かう途中で、さっきからずっと村人のみんなに声をかけられているからだ。

「みんな、わたしのこと気にかけてくれてるのかな。……良かった。人間が暮らしてないって言うから、みんな人間が嫌いなのかなってちょっと思ってたから」

「そんなことないけど……それが、村長が決めた掟《おきて》だからね」

シルヴィアの表情に浮かぶのは、困ったような笑顔。

「この世界で最も繁栄している人類は、我々にとって害を為《な》す種族である。故に、村に迎え入れてはならない。……って、ごめん。アリカちゃんにはちょっと難しいよね」

「ううん、大丈夫だよ。けど、その村長さんってそんなに人間に厳しいんだね」

「ラフィール村では、人間が原因で何度も諍《いさか》いがあったから。あまり好意的に思ってなかったみたい。……その村長さん、今はいないんだけどね」

「えっ、そうなの？」

「半年くらい前にこの村を出て行っちゃったから。もしあの人がアリカちゃんのこと知ったら、私もみんなも罰則を受けてただろうなあ。……私たちって悪い子だね」

「……ううん、そんなことないよ。ありがとう、シルヴィア」

そっか。シルヴィアも、ララちゃんも、それにこの村にいる全員も。ルールを破ってまで、迷子のわたしのこと助けようとしてくれてたんだ。

でも、だったら換金が終わったらすぐにこの村を出なきゃ。これ以上、わたしのせいでみんなに迷惑はかけられない。

……そう、思ってたんだけど。

「査定が終わったヨ。全部で占めて、三〇ギニーダネ」

「えっ……た、たったのそれだけ？」

アイテム屋にて、わたしはふよふよと浮いてる店主さんに抗議する。

店主さんも魔物で、ゴーストという種族らしい。黒いマントを全身に羽織っていて、その奥は満月のような二つの目しか見えない。

ちなみに、査定の間にシルヴィアに教えてもらったけど、ギニーっていうのがこの大陸の通貨みたい。一〇〇ギニーだと、麦のパンが一つ買えるとか買えないとか。

「だって、こんな鉱石知らないモノ。君は子どもだから宝石と勘違いしたかもしれないけど、この鉱石に価値なんてないヨ。言っちゃえばただの石ころと同じサ」

「い、石ころ……？　あんなに頑張って集めたのになあ」

裏ダンに存在するものであれば、きっと貴重なはず。その考えは間違ってなかったみたいだけど……まさか、珍しすぎて価値が付けられない、なんて。

シルヴィアは、まるで自分のことのように傷ついた表情で、

「本当に、三〇ギニーぽっちなんですか？　こんなに綺麗《きれい》なのに……」

「それは認めるヨ。原石なのに透明度も輝きもこんなに見事だなんて。まるで芸術品ダ。……けど、正確に価値を決めようと思ったら宝石商と交渉しなきゃならナイ。もっとお金が欲しいなら、あと一ヶ月は必要カナ？」

「うーん、そんなに待てないよ。えっと、他に換金出来そうなのってあったかな……」

わたしがランドセルを漁《あさ》っていると、店主さんはやれやれ、と呆《あき》れたように、

「これだけ君の遊びに付き合ったんだから、もういいダロ？　ほんとはこんな石いらないんだけど、君はまだ子どもだからネ。三〇ギニーはお駄賃のつもりサ」

ぐぬぬ。この人、わたしが幼女だからって馬鹿にしてる……。

「何とか出来ませんか？　頑張っておつかいに来たのにこれだけなんて、アリカちゃんが可哀想《かわいそう》です」

「シルヴィアの気持ちも分かるけど、ボクも商売だからネエ。まあ他に目ぼしいものがあ

ったら見てあげるけど、期待はしない方が――」

そこで、店主さんが息を呑《の》んだみたいに沈黙した……どうしたんだろ。

店主さん、わたしが取り出したナイフを見つめてる。

「嘘《うそ》ダロ。……何だよ、コレ。こんなのあり得ナイ」

店主さんの言ってる意味が分からなくて、わたしは不思議そうな顔をしてるシルヴィアと顔を見合わせて……ぽつりと、店主さんが呟《つぶや》いた。

「――三〇〇〇万」

「えっ？」

「そのダガー、最低でも三〇〇〇万はくだらないヨ。それほどの逸品ダ」

ぽかん、って音がしそうなほど、わたしもシルヴィアも呆気《あっけ》に取られた。

「ラフィードっていう暗殺者を知ってるカナ？　彼は暗殺王と呼ばれた歴史的に有名なアサシンで、世界中に熱狂的な愛好家がいるほどなんダ。貴族の中には、彼の使っていた食器を五〇〇万ギニーで購入する者もいるくらいだヨ。それだけに贋作《がんさく》も多いんだけど、ボクが言うんだから間違いナイ。……それは真作の、ラフィードが愛用していたダガーだヨ」

「そ、そうなんですか？　でも、どうしてそんな凄《すご》い物をアリカちゃんが……？」

「……さ、さあ？　どうしてかなー？」

言えない……裏ダンでたまたま拾ったから便利で使ってました、なんて……。

流石《さすが》は裏ダンジョン。何気なく落ちてるアイテムも、とてもレアリティが高いみたい。

「まさかだけど……君、これを売るつもりなのカイ？」

「別にいいよ？　まあ、果物の皮を剥《む》くときとか不便かもしれないけど……」

「そんな使い方しちゃ駄目だよ⁉　暗殺王のダガーなのに、果物ナイフみたいな扱いするなんて……！」

「うん、今のは聞かなかったことにしようカ。コレクターの人たち、卒倒するだろうカラ。……でも、残念だけどこのお店にはそんな大金なんてないヨ。個人的には、近くの都市に行ってオークションに出品するのをおすすめするケド……」

「ううん、いいの。ちょっとめんどくさそうだし、わたしは少しの資金が欲しいだけだから。そうだね、五〇万もあれば十分かな？」

「……君って、変わった女の子だネ」

店主さんは、何処《どこ》か愉快そうにそう口にすると、

「困ったことがあったらいつでもおいデ。二九五〇万ギニー分の仕事は無理だけど、ボクに出来ることなら何でもするヨ？　じゃあお金を持ってくるから、待っててクレ」

良かった、これでとりあえずの旅は何とかなるっぽい。

となると、現時点の問題は……隣で首を傾《かし》げてるシルヴィア、だろう。

「ど、どういうこと？　たまたま拾った、なんてあるわけないよね？　じゃあ何処かから

盗んだ――ないない、絶対ない！　アリカちゃんがそんなことするわけないもん！」

「やっぱり、気になる？」

「……うん。正直、アリカちゃんがどんな女の子なのか、分かんなくなっちゃった」

けれど、シルヴィアはわたしを優しい表情で見つめながら、

「でも、一つだけはっきり分かるのは、アリカちゃんがちゃんとおつかいを出来た、ってことかな。……良かったね。アリカちゃんがガッカリしたら、私も悲しいもん」

……なんか、シルヴィアって本当にお姉さんみたいな人だな。

そう思っている内に、店主さんが銀貨が入った革袋を宙に浮かせながら戻ってきた。ちなみに何故《なぜ》物が浮いているのかというと、店主さんが魔法を使っているから。ゴーストだから、基本的に物体には触れないみたい。アイテム屋なのに……。

「これで商談成立、で良いのかな？」

「いや、実はあと一つだけ、君にお願いしなきゃいけないことがあるんダ」

店主さんは、傍《そば》にあった石板をカウンターの上に置くと、

「質を入れる人が偽名を使っていないか確認スル。それが、この店のルールでもあるんダ。……この『鑑定石』に手を置いてくれるカナ？」

「……『鑑定石』？　なにそれ」

「その人のレベルとか、ステータスが分かるアイテムのことだよ。基本的に冒険者が実力

を測るために使うんだけど、店主さんは名前を偽ってないかどうか確認するために使って欲しいみたいだよ？」

シルヴィアが説明する横で、店主さんがコートに隠れた手を石板に重ねる。どうやら、幽霊でも反応するほど特別なアイテムらしい。石板には、店主さんの情報が書かれていた。

名前　ラウラ
種族　ゴースト種
レベル　17
ステータス　力：00　頑丈さ：00　敏捷《びんしょう》：58
　　　　器用さ：１０７　賢さ：３４７　魔力：１８２
スキル　『念動力Ｌｖ５』『恐怖耐性Ｌｖ３』『光耐性Ｌｖ３』『透明化Ｌｖ５』
　　　『審眼Ｌｖ８』『不死』

へえ、この世界ってゲームみたいに、レベルとかステータスが見れるんだ。裏ダンには『鑑定石』なんてなかったから、初めて知った。

わたしが石板に手を置くと、シルヴィアが石板を持ち上げじっと見つめる。

「アリカちゃんのステータス、かあ。えーと、どれくらいかな？」

興味津々なのは分かるけど、それだと身長的にわたしが見えないんだけどな……。

石板を覗《のぞ》くことを諦めたわたしは、店主さんに、

「ねえ。わたしくらいの年齢だったら、大体どれくらいのレベルなの？」

「そんなの1に決まってるダロ？　だって魔物を倒して経験値を稼がないとレベルは上がらないモノ。まあ、ステータスなら個人差はあるけどサ」

……ん？　魔物を倒さないとレベルが上がらない？

そう、わたしが首を傾《かし》げたときだ。

「……ええ――――――――っ⁉」

あまりの大声に、耳がきーんってなった。

シルヴィアは、石板を見つめながら、まるで未知と遭遇したみたいに固まってる。

「ど、どうしたんだイ？　君が悲鳴をあげるなんて、珍しいじゃないカ？」

「あ、す、すみません、お恥ずかしいところを……。あと、ごめんなさい。失礼しますっ」

いきなり、シルヴィアは石板を持ったまま、わたしの手を取りお店を飛び出す。

広場の噴水傍《そば》までくると、わたしの目を見つめるように腰を落として、

「アリカちゃん。あなたって……一体、何者なの？」

「……ど、どうして？　質問の意味が分からないなー？」

けれど、シルヴィアは我を忘れたみたいに、真剣な眼差《まなざ》しをわたしに向けるだけ。

「…………。もしかして、わたしのレベルそんなにおかしかった？」

こくり、とシルヴィアが頷《うなず》く。

うわあ、やっぱりそうだったんだ……。正直、魔物を倒すとレベルが上がる、って聞いたときから嫌な予感はしてた。だって、裏ダンにいた頃は日常的に魔物を狩ってたもの。迷宮で暮らすってことは、食料や衣服をダンジョン内にある素材で何とかしないといけないわけで。必然的に、魔物を倒さないと生きていけない環境だったのだ。

多分、そのせいで他の子よりレベルが高かったんだろうな。どれくらい、とかは見当がつかないけど……たとえば、レベル10くらい、とか？

「ねえ。わたしのレベルってどれくらいだったの？」

しかし、シルヴィアは無言のまま、わたしに石板を差し出す。

そこに書かれているのは、わたしのレベルとステータス、だ。

名前　アリカ・ヴァルニーナ
種族　人間
レベル　99
ステータス　力：528　頑丈さ：642　敏捷《びんしょう》：721
器用さ：677　賢さ：999　魔力：999

スキル　『闇魔法Lv10』『冥王魔法Lv5』『恐怖耐性Lv10』『瘴気《しょうき》耐性Lv10』
『即死無効Lv10』『状態異常無効Lv8』『野営Lv10』『探索Lv10』
『危機察知Lv7』『女神の加護』『隷属』

……………あ、あれ？

気のせいかな、なんかレベルのとこに99って数字が……。

「アリカちゃんっ、これどういうことなの⁉　レベル99って『鑑定石』で表示出来る限界の数字なんだよ⁉　しかも『闇魔法』とか物騒なスキルばっかり並んでるし、『女神の加護』とか『隷属』とかとんでもないスキルまで持ってるし……！」

そ、そんなにこのステータスっておかしいのか……。

『女神の加護』って、この永久ロリでいる身体《からだ》のことだよね。あと、『隷属』って怖い名前があるけど、これって何なんだろ？

「お、落ち着いてよ。これ、故障だと思うよ？　まだ子どもなのにこんなにレベル高いなんて、絶対におかしいでしょ？」

実際は幼女じゃなくて一七才なわけだけど、それにしたってこの数値は異常だ。

「うーん。でも、店主さんのステータスは間違ってなかったんだよね……」

シルヴィアは、うんうんと頭を悩ませながら、

「たとえば、経験値がたくさんある強い魔物を倒せば一気にレベルが上がるけど、それでもこの数字は異常だし……そもそも、アリカちゃんって魔物を倒したことあるの？」

「えっと、実はあるけど……幼い女の子が魔物を倒すって、そんなにおかしい？」

「ううん、珍しいけどあり得ない話じゃないよ？　異種族の子どもなら、スライムとかホーンラビットとか日常的に狩るみたいだし、弱い魔物なら倒せても不思議じゃないもん」

「あっ、そうなんだ！　良かった、変な女の子に思われるかもって心配だったんだ。……でも、そうだよね。わたしでも倒せるくらいの魔物なんて、大したことないよね」

そして、わたしは世間話でもするように、けろっと口にするのだった。

「ケルベロスくらいの魔物なら、誰だって倒せるもんね」

「……えっ？　ケルベロスって……えええええええっ⁉」

……あれ、なんだろ。何か、とてつもない失言をしてしまったような気が……。

「あ、アリカちゃん、ケルベロスって頭が三つある犬の魔物のことだよね⁉　そ、そんな凶暴な魔物を倒したことが……⁉」

「きょ、凶暴って……ケルベロスって、そんなに強いの？」

だってケルベロスといえば、裏ダンでは最弱クラスの魔物なのだ。裏ダンで数年も暮らしていればいつの間にか倒せるようになるような、野良犬くらいの魔物。

だから、この世界でも大した魔物じゃないのかなって思ってたん……だけど……。

「強い、なんてもんじゃないよ!?　ケルベロスっていえば、地獄の番犬って異名があるくらい凶暴な魔物なんだから！　熟練の冒険者だって、死を覚悟するくらいなんだよ!?」

「そ、そうだったの？　わたしが暮らしてた場所だと、食物連鎖の一番下くらいの魔物だったんだけど……」

「ケルベロスが食物連鎖の下って、今までどんな世界で暮らしてたの!?」

知らなかった……。どうやら、わたしは大きな勘違いをしてたようだ。

わたしの想像以上に、裏ダンは強大な魔物が棲《す》む人外魔境だったらしい。一〇年暮らしてレベルが99になるのも納得だ——裏ダンでは、ケルベロスより強い魔物たちを毎日のように狩って生活してたんだから。

シルヴィアは、目をぐるぐる回しながら、

「な、何か頭が混乱してきちゃった……。アリカちゃんがこんなにレベルが高いのって、平気で強い魔物を倒すような生活をしてたから、なの？　で、でも、まだ幼い女の子がそんなこと出来るはずなくて、えっと、えっと……」

「……多分、シルヴィアの言う通りだよ。信じられないと思うけど、ね」

本当なら、誤魔化《ごまか》した方が穏便に済むんだろうな。

けど、見られちゃったのはしょうがないし、これ以上シルヴィアを困らせたくない。

「そ、そうなの？　じゃあ、レベルがカンストしてるのも……？」

「故障なんかじゃないと思う。ただ、どうしてかは言えないんだけどね」

動揺するシルヴィアに、わたしは小さな笑みを浮かべて、

「でも、レベルなんてどうでもいいんだ。1だろうが99だろうが、わたしには関係ないよ？　わたしは魔物を倒したいわけじゃないし、冒険がしたいわけでもない。……この世界でのんびり暮らしたい。ただそれだけだから」

「……そっか」

シルヴィアは柔らかい笑顔を浮かべて、

「うん、分かった。じゃあ、この話は終わり」

「やけにあっさり引き下がってくれるんだね。質問攻めされるかも、って覚悟してたのに」

「びっくりしたけど、誰にも言えない秘密がある、ってアリカちゃんの気持ち分かるから。だから、話したくないならそれでもいいよ。……でも、一つだけ教えて欲しいんだ。もしかして、旅をしてるって言葉、本当だったの？」

「うん、まあね。やっと信じてくれるんだ？」

シルヴィアは考え込むように俯《うつむ》くと、やがてぱっと顔を上げた。

「ちょっとだけ、アリカちゃんに来て欲しい場所があるの。付いてきてくれないかな？」

来て欲しい場所……？　それが、わたしが旅をしてるのかっていうさっきの質問と、何か関係があるのかかな。

「わたしは構わないけど、いいの？　わたしがいたら、この村に迷惑をかけちゃうよ？」

「少しだけなら平気だよ。それに、本当のこと言うと、もうちょっとアリカちゃんといたいの。だって、本当に妹が出来たみたいなんだもん。……な、なんちゃって。こんなこと言われても、アリカちゃん困っちゃうよね？」

……本当に良い人だな、シルヴィアって。

わたしが普通の女の子じゃないって知っても、今まで通り接してくれるんだもん。

わたしたちが辿《たど》り着いたのは、村からちょっとだけ離れた牧場だった。

けど、ただの牧場じゃない。そこで飼われているのは、牛や羊なんかじゃなくて——魔物、だったから。

「うわー……」

感嘆の溜《た》め息《いき》が零《こぼ》れてしまうくらい、壮観だった。

灰色の毛並みをしたウェアウルフ。巨大な銅像のようにぼーっと立ってるゴーレム。鶏の頭と蛇の尾を持つコカトリス。

そんな魔物たちが、まるで自然の中にいるみたいに、のんびりと過ごしていた。

「ラフィール村は、こんな風に魔物を飼って生活してるの。魔物の卵とか毛皮を商会の人に売却してるから、こんな小さな村でも暮らしていけるんだ」

「魔物が生み出した物なのに、買ってくれるの？」

「都市に暮らす人たちにとっては貴重品みたいだよ。野生の魔物を狩猟しても量にも質にも問題があるし、魔物を育ててるのはこの村だけだからね。やっぱり、アリカちゃんにとっては珍しいのかな？」

……実をいうと、そんなこともなかったりする。わたしが裏ダンにいた時は、魔物が生活の中心だったから、食べる物も着る物も魔物の素材が中心だったのだ。

でもそれは、魔物を狩るっていう、サバイバルみたいな生活をしてたからだ。こんな風に魔物を飼ったことなんて一度もなかった。

それからわたしたちは、魔物を室内に飼っている厩舎《きゅうしゃ》へと移動する。

「アリカちゃんにここに来てもらったのは、あるモンスターに会って欲しかったからなの」

「別に良いけど、それだけで良いの？」

「うん。……でも、一応最初に謝っておこうかな」

いつものような素敵な笑顔で、シルヴィアはぽつりと口にする。

「もしアリカちゃんが怖くて気絶しちゃったら、ごめんね？」

……ん？　今、何か不吉な単語が聞こえた気が――そんな時だった。

――グオォォォォ……！

晴天に響く、ケダモノのような咆哮《ほうこう》。シルヴィアに先導されて、声がする方へと向かい……その正体を理解した。

そこには、巨岩に結ばれた鎖で繋《つな》がれた魔物。雄々しい翼と、鮮やかな鱗《うろこ》。

二メートルくらいの大きさをした、ドラゴンだった。

「うわ、すごいなあ。ラフィール村って、ドラゴンまで飼ってるんだ」

「……何となく予想してたけど、ドラゴン見てもいつも通りなんだね。普通なら、驚いて失神しても不思議じゃないんだよ？」

そう言って、シルヴィアは困ったように笑う。

見た感じ、ドラゴンはとても人に懐いてる風には見えない。ドラゴンは怒り狂ったように暴れていて、まだ成長期だから何とかなってるけど、これ以上大きくなれば鎖なんて簡単に引き千切っちゃうと思う。

そして、傍《そば》にあるのは半壊した木造の厩舎。本当はあれがドラゴンの住処《すみか》なのに、壊しちゃったんだろうな。

「あっ、シルヴィアーっ！　こんなとこ来ちゃ危ないぞーっ！」

ドラゴンを眺めていると、頭からちょこんと一本角を生やした女性が駆け寄る。

「っていうか、さっきの人間の子どももいるじゃん！　駄目だろそんな娘《こ》連れてきたら！」

「あはは、いきなり来てごめんね。アリカちゃん、この娘はセシリアっていう鬼人族の女の子。このドラゴン……ドラゴの飼い主さんなんだよ？」

「あっ、そうなんだ。えっと、初めまして。アリカ、って言います」

「お、おう。うむ、礼儀正しくて大変よろしい——じゃなくてっ！　何でこんなとこいるんだよ、最近ドラゴが私たちに反抗してるの、シルヴィアも知ってるだろ？」

「それなんだけどね……どう、アリカちゃん。ドラゴのこと、怖いかな？」

「はあ？　そんなの当然だろ。ドラゴンっていえば、人間にとっては災厄の象徴に喩《たと》えられるくらい危険な魔物なんだぞ？」

……もしかして、泣きじゃくったりした方がいいのかな、幼女として。

でも、どうもそんな気になれない。シルヴィアは、わたしが普通の女の子じゃないって知っててここに連れてきたのだ。じゃあ、わたしらしくするのが一番な気がした。

「わたしなら大丈夫だよ？　怖くないから」

「こ、怖くない？　もしかして、恐怖のあまり感情を失《な》くしちゃったとか……」

「そうじゃないってば。それより、このドラゴンかなり暴れてるね。どうして？」

セシリアさんは、苦虫を噛《か》み潰したみたいな顔で、

「ドラゴンって、基本的にどんな異種族にも懐かないからね。賢くて誇り高い種族だから、私に飼われてるのが気に入らないんだろ。昔は、言うこと聞いてくれたのにさ」

「ドラゴって、卵の頃から村人全員で大切にしてたよね。でも、自分がドラゴンだって自覚したのかな。今だと誰が来ても暴れるから、セシリアでも世話をするのが大変なの」

……なんか、それってやだな。

今まで可愛《かわい》がってくれたのに牙を剥《む》くなんて、たとえドラゴンでも間違ってると思う。

そんなわたしの気も知らないで、ドラゴは今もわたしたちに向かって叫んでいる。ここから出せ。俺を解放しろ。そう主張するように。

その態度にむっときて、わたしはゆっくりと足を動かす。

「えっ——ちょっとちょっとちょっとっ⁉　君、何でふらーっと近寄ってるの⁉　相手はドラゴンなんだぞっ！」

多分、あまりに予想外だったから、セシリアさんも反応出来なかったんだろう。ドラゴは怒りで我を忘れたように、わたしがいる地面へと爪を叩《たた》きつけようとしていて。

だから、おしおきをすることにした。

今まで、裏ダンにいた魔物にそうしてきたみたいに。

「『黒の一撃《ブラックスティング》』」

魔術を唱え、かざした手のひらに闇を凝縮したような黒い珠《たま》を作る。これは、お父さんから教えてもらった魔法——『闇魔法』の一つだ。

魔術を、えい、とドラゴに放ち……直後、爆風が巻き起こる。

「きゃっ……！」

あまりに強い風圧に、背後からシルヴィアの小さな悲鳴。やがて風が収まり……そして。

　そこには、さっきまで元気に暴れていたドラゴ君が、ぐったりとしていたのだった。

「――ええええええええっ!!　ど、ドラゴがっ、ドラゴがぶっとばされてるっ！」

　あ、あれ？『闇魔法』でもかなり弱い魔法だったんだけど……。裏ダンの魔物にはほとんど効かなかったけど、本当はこんなに威力があったんだ。

　驚愕《きょうがく》したセシリアの声を聞きながら、わたしは虫の息になったドラゴに近寄る。

　腰に両手を当て、いたずらっ子を叱るように、思いっきり言い放った。

「もうっ、飼い主さんを困らせたら駄目でしょっ！　言うこと聞かないと、めっ、だよ!?」

　――しん、と。辺りが静かになった。

　ドラゴは、何が起きたのか分かんないみたいに、きょとんとわたしを見つめて……やがて、ゆっくりと身を起こし、子猫みたいにわたしに頭をこすりつけた。

　驚愕したように言葉を零《こぼ》したのは、背後にいたセシリアさん。

「う、嘘《うそ》だろ？　何だよこれ、夢でも見てるのか？　ドラゴンが人間に、それも女の子に服従するなんて……!?」

「やっと大人しくなってくれたんだ。……飼い主さんの言葉は、ちゃんと聞かなきゃね」

　鋼みたいに硬い鱗《うろこ》を撫《な》でると、ドラゴは気持ち良さそうに喉を鳴らす。その姿に思わずつい頬《ほお》を緩ませていると、またもやセシリアさんが、

「な、なあ。君、怖くないのか？　君が触ってるの、ドラゴンなんだよ？」

「うん、それなら全然平気。慣れてるから」

「……は？　慣れてる？」

「わたしが前に暮らしてた場所にも、何種類かドラゴンって棲《す》んでたから。たまに狩りに行って、竜鱗《りゅうりん》とか尻尾《しっぽ》とか素材を集めてたんだ。……ドラゴンを討伐した日は料理が豪華だから、食事が楽しみだったなあ」

わたしの言葉に、セシリアさんはただ呆然《ぼうぜん》とするばかり。まあ、幼女がドラゴンを討伐するなんて、もはやシュールなギャグにしか聞こえないもの。

ただ、裏ダンに生息してたドラゴンたちは、ドラゴに比べて翼が小さかったけど。今思えば、あれは迷宮で生きる内に翼が退化したんだろうな。

そんなとき、だった。

「――うんっ！　やっぱり、私の思った通りだった！」

いきなり、シルヴィアはわたしに駆け寄ると、嬉《うれ》しそうに思いっきり抱きついた。

「むぎゅ」

「良かったあ……。アリカちゃんが普通じゃない女の子で、ほっとしちゃった」

シルヴィアの身体《からだ》はとても良い匂いがして、胸の中だって気持ち良いけどそろそろ限界。

わたしがタップすると、シルヴィアは恥ずかしそうに身を離した。

「あっ……ご、ごめんね？　ちょっと、お姉さんらしくなかったよね？」

「ぷはっ……！　う、うん。それはいいけど。それより、セシリアさんとドラゴには悪いことしちゃったかな？　ちょっと、やりすぎちゃったかも」

「そんなことないよ、むしろ私たちが感謝しなきゃいけないくらい。ドラゴのことは、村人のみんなが困ってたことだもん。それに……これで、私が知りたかったことははっきりしたから」

……シルヴィアが知りたかったこと、って何のことだろ？

「アリカちゃんに相談したいことがあるの。……私の家《うち》でゆっくりお話ししない？」

シルヴィアの家に戻り、テーブルに着いた時だ。留守番していたスライム君が、ぴょん、とわたしの膝に乗っかった。もしかして、ここが気に入ったのかな。

わたしがスライム君をぷにぷにしていると、シルヴィアが開口一番に、

「アリカちゃんは、『隷属』っていうスキルのことを知ってる？　アリカちゃんが取得してるスキルの一つなんだけど」

「そういえば、そんな可愛《かわい》くない名前のスキルがあったっけ。よく意味が分からないんだけど、それがどうかしたの？」

「アリカちゃんって、自分がとんでもない女の子だって気づいてないんだね。……『隷属』って、人間が絶対に取得不可能だって言われてるスキルの一つなんだよ？」

……ん？　それってどういうこと？

「『隷属』っていうのは、調教を必要とせずにどんな命令でも従わせる——つまり、魔物に忠誠を誓わせるスキルなの。命令によってはその魔物の限界以上の能力を引き出せるから、使い方によっては世界を壊しかねない、とっても危険なスキルなんだよ？」

「えっ、そうなの？　言われてみれば、昔から魔物には懐かれやすかった気がするけど……でも、どうしてそんなのがあるんだろ」

「そうなんだよね。だって『隷属』っていえば、取得した者は魔王になれるって言われるくらいレアなスキルだもん。アリカちゃんが持ってるなんて、ありえないはずなのに」

魔王——もしかして、と思う。

多分わたしが『隷属』を持ってるのは、お父さんの影響だ。

お父さんは、自分で冥王って名乗るほど裏ダンでも別格の魔物だった。だから、お父さんも『隷属』を持ってて、知らない内にわたしも取得しちゃったのかな。

「それでね、アリカちゃん。ここからが大事なお話なんだけど、聞いてくれる？」

「そういえば、シルヴィアってわたしに相談したいことがあるって言ってたっけ？」

「うん、そうなんだ。まだ住む場所を見つけていなくて、それに魔物と仲良く出来るアリカちゃんだからこそ出来る相談事」

そしてシルヴィアは、わたしが想像もしてなかった一言を、笑顔で言うのだった。

「もし良かったら――このラフィール村で暮らさない？」

「……………えっ？」

そっか。この村を出ることばかり考えてたけど、そういう選択肢もあるんだ。

ラフィール村で暮らす、か。それは……かなり良いかもしれない。

他の村の場合、わたしがただの幼女じゃないってバレたら騒ぎになって生活すらままならない。けど異種族と魔物ばかりのこの村なら、こんなわたしでも受け入れてくれるかも。

「でも、それって難しいんじゃないの？　だって、この村には人間が訪れてはいけないっていう掟《おきて》があるんだよね」

「うん、そうなんだ。それさえ何とか出来ればアリカちゃんもこの村で暮らせるんだけど。せめて新しい村長がいれば、掟を変えることも出来るんだけどなあ」

……あれ。何か今、聞き捨てならない言葉が聞こえた気が。

「そういえばシルヴィア、村長が出て行った、って言ってたよね？　もしかして……代わりの村長がいないの？」

「いない、っていうより誰も出来なかったの。ラフィール村って特殊な村だから」

シルヴィアは困ったように頬《ほお》に手を当てて、

「村長の基本的なお仕事って資金の運営とか村人のお世話をすることなんだけど、一番大事なのは、村を代表して問題の解決をすることなの。けど、ラフィール村ではそれがすごく難しいんだ。たとえば、飼っている魔物が暴れたりして村人が困っていたら、村長が解決しなきゃいけないんだけど……」

「それって嫌な予感が……。だって、相手は魔物なんだよね？」

「そうなの。この前の村長代理をしてた人も、キラープラントっていう花の魔物に食べられちゃって。何とか助かったんだけど、あの時のジョンさん、もうやだ村長やめる～っ！ってべとべとになりながら泣いてたなあ……」

うわあ、そんなことが……。誰だか知らないけど、可哀想《かわいそう》なジョンさん……。

「だから、この村では誰も村長が務まらないの。……本当は、すぐにでも誰かが村長をしなくちゃいけないんだけどね。村長さんがいなくなってから、みんな忙しそうだし」

「それに、わたしが暮らすためには村長の許可がいる、と」

わたしはスライム君をむにむにしながら、小首を傾《かし》げる。

「でも、それだったらわたしがこの村に住むの、そんなに難しくなさそうだけどなあ」

「……えっ？　ど、どうして？」

「だってね――」

そして、わたしは口にする。

全ての問題が一度に解決する、とても分かりやすい一つのアイディア。

「――ということで、今日からこのラフィール村で暮らすことになりました、アリカです。どうぞよろしくお願いします」

夕暮れの牧場にて、わたしは集まってくれた村人たちに、ぺこりとお辞儀をした。

小さな村だから、見知った顔も含めて全員で四〇人ほど。そのほとんどが、信じられないって風に、わたしの言葉にぽかんとしていた。

その中で、小さな子どもが手を上げて、ぴょんぴょんと跳んでいる。ララちゃんだ。

「あのあのっ！　ララにはよく分からないですけど……それって、アリカちゃんがラフィール村の村人になる、ってことですか？」

「うん。実は、わたしは迷子じゃなくて新しく暮らす場所を探してただけなんだ。だから、これからもよろしくね？」

「ほ、ほんとですかっ⁉　すごいです、人間さんとお友達になれるなんて初めてです！」

「お、おいおい、ちょっと待てって」

異議を挟んだのは、スケルトンのアリアルさんだ。

「迷子じゃない、っていうのは百歩譲ったとしてよ。言いづらいけど、この村で暮らすのは無理だぜ。何しろ、人間が訪れてはならないって掟《おきて》がある。俺たちの一存じゃ、アリカがこの村で暮らすのは決めれねえよ」

「それはよ～く理解してます。……でも、もし村長がわたしを認めてくれたら？　そうなれば、わたしも皆さんと一緒に暮らしてもいいですよね？」

「まあ、そうなったら俺も歓迎するけどさ。でも、この村には村長がいないんだぜ？　ほとんどの村人は村長を辞退しちまってるし、早く何とかしなきゃいけねえんだけど……」

「だったら――わたしが立候補しても、いいですか？」

「……はい？」

　きょとん、とする村人のみんなを前に、わたしは宣言する。

　大事なのは、子どもらしく元気いっぱいに、だ。

『わたし、まだ幼女ですけど――この村の村長として頑張ります！』

『――はああああああああああああああああっ!?』

　その瞬間、この小さな村が震えるくらい、村人たちが大絶叫した。

「これなら、わたしがこの村にいてもいいですよね？　だって、村長ですもん」

「いや、いやいやいやっ！　そりゃ無理だろ！　だって幼女じゃん！」

「でも、幼女は村長になっちゃ駄目なんて掟はありませんよね？」

「そりゃねーよ!?　幼女が村長になるかも、なんて無茶苦茶《むちゃくちゃ》なこと誰も考えねえもん！　子どもに村長の仕事が出来るとは思えないし、危険なことだってたくさんあるんだ。実際もう何人もひどい目に遭ってるしよ、流石《さすが》にこれは……」

「私は良いと思いますよ？　アリカちゃんなら、きっとうまくいくと信じてますから」

たった一人賛同してくれたシルヴィアへと、村人たちが一斉に視線を向けた。

「アリカちゃんってまだ小さい子どもですけど、皆さんが思ってる以上にすごい女の子なんですよ？　ねっ、アリカちゃん？」

「……えっと。その通りです、はい」

気恥ずかしさを覚えながら、わたしは空に手を掲げる。

「るーるるるー。ドラゴ、こっちに来てーっ」

シルヴィアの言葉を合図に、大声で叫び……その束《つか》の間《ま》、である。

わたしの呼び声に応えるかのように、ドラゴが夕焼けの空を舞いこちらに飛翔《ひしょう》してきた。

「なっ……！　おいおいおい、こんな時にドラゴが暴走したのかっ⁉」

どうやら、村人のみんなはドラゴが逃げ出したと思ってるみたい。みんなはあわあわとするばかりで……次の瞬間、みんなは一斉に呆気《あっけ》に取られた。

平原に降り立ったドラゴが、甘えるようにわたしに頭を擦りつけたからである。

「ど、どうなってんだ？　ドラゴが子どもに懐くなんて、そんな馬鹿な……」

驚愕《きょうがく》にカタカタと骨を鳴らすアリアルさんに、シルヴィアは笑顔のまま口にする。

「これが、アリカちゃんがこの村の村長に相応《ふさわ》しい理由の一つ、です。アリカちゃんは、

魔物に忠誠を誓わせることが出来るんですよ。だよね、セシリア？」

「……そうなんだよなあ。未《いま》だに信じられないんだけど、あの娘《こ》は私のドラゴを手懐《てなず》けたんだ。プライドが高くて言うことを聞かなかった、あのドラゴを、だよ？」

セシリアさんの言葉にどよめく村人たちに、シルヴィアはにこにこと微笑《ほほえ》みながら、

「普通の村であれば、子どもが村長になるなんて難しいですよね。けどこのラフィール村であれば、ドラゴンさえ手懐けるアリカちゃんは適任だと思うんです」

「ま、まあ。確かに、それがこの村では一番大事なことだけどよ……」

わたしはドラゴの頭を撫《な》でた後、すう、と大きく呼吸をして、

「誰かが村長にならなきゃいけないなら、代役でも良いのでわたしに任せてくれませんか？　わたし、たくさんの人と楽しく生活するのが憧れだったんです」

わたしは、幼女らしく精一杯の笑顔を浮かべる。

「この村で平和にのんびり暮らせるなら、それだけで良いんです。ですから、皆さんもゆる～く見守ってください。……こう見えてもわたし、普通の幼女じゃありませんから」

ぽかん、と口を開けてわたしを見つめる、村人の皆々様。

そこで、シルヴィアはぽん、と手を叩《たた》くと、

「それじゃあ、まずはアリカちゃんのお祝いをしませんか？　皆さんも、アリカちゃんのこともっと知りたいと思いますし」

「お、おう。まあそうだな。村長のことは置いといても、アリカのことは歓迎しないとな。早速宴《うたげ》でも……といきたいんだが、それも出来ねえんだよなあ」

アリアルさんの言葉に、わたしは疑問を口にする。

「……？　どうしてですか？」

「それが前の村長が決めた掟《おきて》なのさ。村人は身を慎み質素に暮らすべし、祝い事であろうと宴を開くなど以《もっ》ての外《ほか》である、ってさ。誰かをもてなすのも駄目なんだってよ、俺たち」

「ははあ。前の村長さんって、すごいストイックな人だったんですね」

「っていうかケチなんだよ、あの人。前の村長がいた頃は村税も高かったし、そのせいで馬車馬みたいに働かなきゃいけなかったし。いなくなったら困るけどさ、それでも毎日がしんどかったよな。大体さあ――」

ぶつぶつと愚痴り始めたアリアルさんに、わたしは、

「それじゃあ、わたしの初めての仕事は、それで決まりですね？」

「……ん？　どゆこと？」

「だってわたし、村長ですから。……さっきのアリアルさんの掟、撤廃します。これからは祝うべき日には宴を開いても構いません。皆さん、ぱーっと楽しんでください」

広場は静まり返り……やがて、何人もの村人たちが大きな歓声をあげた。

「えっ、マジで⁉　飲んでもいいの、酒⁉　食ってもいいの、肉⁉」

「えと、失礼かもですけど、アリアルさんってスケルトンなのに食べれるんですか……？」

「いやあ、俺は無理だけどさ、村のみんなが喜ぶだろ？　さっすが幼女、話が分かるなあ！　……い、いや、っていうか子どもが勝手に決めちゃうのはマズくないか？」

「いいじゃないですか。アリカちゃん、村長なんですから」

アリアルさんに声をかけたのは、シルヴィア。隣にはララちゃんもいた。

「今夜は楽しい夜になりそうですし、素直にアリカちゃんのお祝いをしませんか？」

「ララも嬉《うれ》しいですっ！　あのあの、ララはフルーツパイが食べたいです！　果物がたくさん入っててとても美味《おい》しいんです、アリカちゃんも食べませんかっ？」

「うん、もちろんだよ。じゃあ、一緒に行こっか」

そうして、わたしはララちゃんに引っ張られるように、宴《うたげ》の場へと向かうのだった。


料理店で行われた宴は、それはもうとにかく盛大だった。

見たことのない料理が並んでるし、村人のみんなは久々に羽目を外して大騒ぎしてたし、みんなわたしに興味津々だったし、獣人族のお姉さんから酔った勢いで「可愛《かわい》い～！」って抱きつかれるし、とても長くて、けどとても愉快な夜だった。

そして、宴が終わった後、わたしとシルヴィアはとある一軒家にいた。

何でも、ここが今日からわたしが住む家、みたい。

「この家は、前の村長さんが住んでた家なんだ。アリカちゃんが住むには広すぎるかもしれないけど、どうかな？」

「こんなに立派なお家《うち》に住んでもいいの？　キッチンもあるし、リビングもあるし……うわ、暖炉がある！　もしかして、あれも自由に使っていいとか……？」

「もちろんだけど、そんなに嬉しいの？」

「うん。今まで、野宿みたいな暮らししてたから。屋根が付いてる家で暮らせて、しかも魔物に襲われる心配もないなんて、ラフィール村ってすごく良い場所だね」

「そ、そんな壮絶な暮らしをしてたの……？」

シルヴィアは呆然《ぼうぜん》としたような表情で、

「なんか、とんでもない女の子なんだな、って実感しちゃうなあ……。でも、過去のことは誰にも話せないんだよね？」

「うん、それだけは無理なんだ。……やっぱり、わたし普通の女の子のフリをした方がいいのかな。そっちの方が村のみんなも心配しないよね？」

「ううん、そんなことないと思う。私は少しでもアリカちゃんのこと知りたいもん。話せないことなら、話さなくてもいいけど……アリカちゃんがアリカちゃんらしくいるのが、私も村人のみんなも喜ぶと思う。無理に隠し事されるなんて、嫌だもん」

わたしはわたしらしく……うん、そっか。それって、なんか嬉しいな。

シルヴィアは、立ち去るように扉に手をかけて、

「村人のみんなは、アリカちゃんが村長ってことにとりあえず納得したけど、まだ心から認めてはいないと思う。まだ子どもだから仕方ないけど、アリカちゃんは本気なんだよね。村長として、どうしたいの？」

「……どうなんだろ。わたし、大勢の人と暮らすなんてしたことないから。村長がどういうものなのかって、いまいち分からないんだ」

村長として何をするべきか、それははっきりしないけど……でも、村長としてどうありたいかくらいなら、答えられると思う。

「だから、ラフィール村が平和だったら、それで良いかな。みんながのんびりと日々を暮らせて、その村人たちの中にわたしがいるなら、それだけで十分だから」

「……うん、そうだね。アリカちゃんならきっと、良い村に出来ると思うよ」

初めて暮らすのが異種族と魔物だけの村で、しかも村長をするなんて前代未聞だと思う。けど、それくらいがわたしには丁度いいのかもしれない。

だって、わたしは裏ダンの魔物に拾われた幼女、なんだから。

ラフィール村の村長の朝は早い。

太陽が昇ったばかりの早朝、わたしは広場に食材の買い物に来ていた。

この広場は商業の中心らしくて、何人かの村人がお店を行き交っている。この村は農業以外で生計を立てる人も多いらしくて、肉屋、果物屋、大工、鍛冶屋、仕立て屋。様々な職人がこの広場にお店を持ってるみたい。

わたしが「ふあぁ……」とだらしない欠伸《あくび》をしていると、シルヴィアが声をかけてきた。

「あっ、アリカちゃん。おはよう、一人で買い物なんて偉いね」

「……うん。おはよーございまふー……」

「大丈夫？　ほとんど目が開いてないよ？」

「んー……今までこんなに早く起きることなかったのでー……。気が向いたら寝て、気が向いたら起きてたから……」

何しろ、裏ダンには太陽がないから時間の概念がなくなるのだ。起きてるなら昼、眠くなったら夜っていうライフスタイル。もうわたしの体内時計なんてぼろぼろですよ。

「アリカちゃん、そんな生活してたの？　でも、あんまりぼんやりしてたら危ないよ？」

すると、シルヴィアはわたしのほっぺに触り、おもむろに揉《も》みだした。

眠気覚まし、なのかな？　……うん。段々と意識がはっきりしてきた。

「何か、シャキッとしてきたみたい。ありがと、シルヴィア」

「あはは、どういたしまして」

むに。むにむに。

「……ね、ねえ。シルヴィア？」

「……？　どうしたの？」

むにむにむにむにむにむにむにむに。

「ちょっと、頬《ほお》を揉《も》みすぎじゃないかと……」

「えっ？　あっ……ご、ごめんね。アリカちゃんのほっぺが柔らかかったから、つい……」

照れ笑いを浮かべて、ぱっと手を離すシルヴィア。気持ち良かったから夢中になるって、シルヴィアって結構本能に忠実だな……。

「でもちょうど良かった、シルヴィアに聞きたいことあったんだ。……わたしが村長になって村のみんながどう思ってるか、分かる？」

「アリカちゃんについて？　えっと、可愛《かわい》らしい村長さんだね、ってみんな言ってるけど……どうするべきか、みんな困ってるみたい。アリカちゃんって、まだ子どもだから」

まあ、それが普通だろうな。幼女が村長になるとか、非常識極まりないだろうし。

出来るだけ早く、ラフィール村に馴染《なじ》めればいいんだけど。

その後、わたしは買い物を終えて家で朝食を食べると、牧場へと向かった。何でも、毎朝モンスターたちの様子を見るのも村長の仕事みたい。

厩舎《きゅうしゃ》の方に向かうと、アリアルさんが小屋の中で蜘蛛《くも》のモンスターに餌をあげていた。鍵がかかってなかったから、わたしは何気なく小屋に入ると、

「へー、アリアルさんってモンスターを飼うお仕事してたんだね」

「ん、まあなー。基本、俺らみたいな魔物の方が、飼ってる魔物も懐きやすいから……ってうぉい！　な、なんだアリカか。普段子どもなんて来ないからびっくりした」

アリアルさんは、おずおずとわたしを見ながら、

「あんた、アラクネアが怖くないのか？　普通、子どもなら号泣するんだけどな」

「基本的に、魔物は大丈夫なんだ。昔からよくふれ合ってたから」

「……変わってんなあ。まあ、そうでなきゃ村長になりたい、なんて言い出さねえか」

アラクネアの頭を撫《な》でると、わたしに嫌がる素振りもなく、ふにゃ～と身体《からだ》を丸めた。もしかして気持ち良いのかな。

「でも、この子あんまり餌を食べないね。元気がないの？」

「おっ、鋭いな。実はさ、こいつここ数ヶ月蜘蛛糸を出さないんだよ。だからそこまで腹も減ってない、ってこと。アラクネアの糸は大切な商品だから、量が少ないと商会の奴《やつ》らに愛想尽かされるんだけどな……」

「へえ、蜘蛛《くも》の糸が商品になるんだ」

「まあな。普通の蜘蛛と違ってこいつの糸は丈夫だから織物にすることも出来るんだ。伸縮性が高くて動きやすいから、冒険者の間じゃ評判が良いんだぜ？」

アリアルさんは、ふう、と溜《た》め息《いき》を零《こぼ》すと、

「けどさ、アラクネアの飼育は難しくてよ。精一杯世話してるつもりだが懐いてくれねえんだ。……なんて、愚痴っぽくなっちまったな。悪いな、アリカ」

「ううん、別にいいよ。……じゃあ、頑張ってお仕事しないとね」

アラクネアに語り掛けると、じーっとわたしを見つめるのみ。まあ、わたしの言葉なんて分かんないんだろうけど。

「しかし、魔物に懐かれやすいってのは本当なんだな。もし暇なら、俺の仕事に付き合ってくれないか？　安全は保障するからよ」

アリアルさん、わたしが村に馴染《なじ》めるように気を配ってくれてるんだろうな。

別の小屋に移動すると、そこにあるのは地面いっぱいに植えられたキノコ。

魔物だけじゃなくてキノコも育ててるのかな？　疑問に思いながら小屋に入ると、まるで驚いたみたいに、ぴょん、と手足の生えたキノコが地面から飛び出した。

「わっ。びっくりした、これみんな魔物だったんだ」

「わはは、マタンゴを見るの初めてなんだな。……じゃあ、収穫を手伝ってくれるか？

逃げ回るやつとかいると思うから、捕まえたら俺に——」

言い終わる前に、アリアルさんは絶句したみたいに、がくんと顎の骨を外す。

アリアルさんが見つめるのは、わたしの前で綺麗《きれい》に整列するマタンゴたち、だ。

「あれ、すっごい大人しい⁉　すげえな、あのマタンゴがこんなに懐くなんて……」

多分、これも『隷属』のスキルのおかげなんだろうな。

けど、裏ダンにいた頃はこんなに魔物に懐かれることはなかったんだけど。もしかしたら、レベルが低い魔物に対してはより効果が発揮されるのかも。

「でも、収穫するってことはこの子たちも商品になるの？」

「まあな。マタンゴは食材として売りに出されるんだ。魔物でも味は一級品だからさ」

アリアルさんはマタンゴを捕まえると、根っこの部分をナイフで切り落とした。

と、根と足だけになったマタンゴは、何事もなかったかのように辺りを駆け回る。

「不思議なもんで、こんな状態でもマタンゴは生きてるんだ。こいつらを株分けして、新しく育てばまた収穫する。その繰り返しだ」

おぉ、なるほど。命を奪う、っていうわけじゃないんだ。

そう感心していると、くいくい、とマタンゴにスカートを引っ張られた。

どうしたんだろうと見つめていると、マタンゴたちが整列を崩して床に寝そべった。不思議なことに、それは人文字みたいに、意味のある言葉になっている。

こう読めた。

おいしいよ

「……ねえ、アリアルさん。これって……」

「……ああ、そうだな」

気まずい雰囲気の中、アリアルさんは小さく口にする。

「美味《おい》しいから僕たちを食べてください、って言ってるな、こいつら」

……ですよねー。

いや、確かに『隷属』って魔物を従わせるスキルみたいだけど。まさか、自分から捕食を望ませるくらい効力が強いなんて。

「うわあ、どうすんだこれ……。確かに食材になるけどさあ、自分の方から食べてって言われると、こう切なくなるっていうか……」

「……よし。じゃあお言葉に甘えて食べよっか、アリアルさん！」

「あれ、すっごく前向き!? か、可哀想《かわいそう》とか思わないのか……？」

「正直に言うと、ちょっとだけ思うよ。でも、このマタンゴの料理を楽しみにしてる人だっているんだよね？ ……食事を美味しいって思えるのは、文化的な生活をしてる証拠だって思うんだ」

裏ダンにいた頃、食べるものなんて本当に限られていた。毎回似たような料理ばっかりで、美味しくないものだってあったけど、選ぶ余裕なんてなかった。

だから、豊かな食事をするってことはとても幸せなことで――そんなアリアルさんの仕事を、心の底からすごいって尊敬出来る。

「だからわたしに出来ることは、感謝を込めていただきますと手を合わせること。それだけだと思うんだ」

「……すげえな、アリカって。まだ小さいのに、ずっとしっかりした娘《こ》なんだな。うしっ、分かった。じゃあ食べてって言ってることだし、こいつらを収穫しちまうか」

気のせいか、そのアリアルさんの声音は、どこか嬉《うれ》しそうだった。

それから、わたしたちはマタンゴを木箱に詰めて外に運び出して……そのときだった。

「なんじゃこりゃ――っ⁉」

突然、アリアルさんの叫び声。振り返ると、アリアルさんはアラクネアがいる小屋を前に立ち尽くしていて……同時に、わたしまでぽかんとしてしまう。

驚くべきことに、小屋の中には――幾何学模様のような、緻密に作られた蜘蛛《くも》の巣が張り巡らされていたのだ。

その下では、褒《ほ》めて褒めてー、と言わんばかりに手をふるアラクネア。

「ど、どういうことだ？　今まで全然働いてなかったってのに、どうしてこんな短時間にここまで綺麗《きれい》な蜘蛛《くも》の巣を……まさか」

ばっ！とアリアルさんがわたしに振り返る。

「アリカが、お仕事を頑張って、って言ったからか？」

「……えっ？」

「だってよ、マタンゴだってあんなに忠実だったし、ドラゴだって手懐《てなず》けたんだろ？　アラクネアがあんなに働いたのは、アリカの期待に応えるためじゃ……？」

つまり、『隷属』のスキルのおかげってこと？

アリアルさんは、未知の存在と出会ったように、わたしをぼーっと見つめていて……やがて、深く頭を下げた。

「本当にすまねえ！　アリカは俺の救世主だ。これで今度の取引には、品質の良いアラクネアの糸を持っていける！　今まで子ども扱いして本当に悪かった！」

「う、ううん。別に良《い》いよ？　それより、アラクネアのこと大切に育ててね。あの子、あんなに巣を作るくらい張り切ったんだから」

「おう、そうだな！　アリカに対してはあんなに従順なんだ、俺にも懐いてくれるようにまた勉強し直さないとな！」

ひゃっほーう、と小躍りするアリアルさん。

「けど、アリカって本当に普通の女の子じゃねえんだな……。なあ、ちょっと良いか？　実はさ、俺以外にも厄介事を抱えてる奴《やつ》がいるから、そいつの相談に乗って欲しいんだよ」

「それはいいけど、みんなそんなに仕事が上手《うま》くいってないの？　セシリアさんだって、ドラゴが言うこと聞かなくて困ってたみたいだし」

「まあ、この村は前の村長で成り立ってたとこがあるから。……その村長は今、領主様の命令で王都にいるからよ、代わりの村長が必要だったんだ」

へえ、領主さんなんているんだ。何となく、貢物とかお金を納めなきゃいけないイメージがあるけど、それを村人から徴収するのも村長の仕事なのかな。

「本音を言えば、村長がいなくなって嬉《うれ》しかった面もあるんだ。あいつ、村の税率上げて俺らから搾り取ってたし、村人の反対を押し切って掟《おきて》を作ったりしてたから。祝宴を禁ずる、っていうあの掟だって、初めは村人総出で猛反対したんだぜ？」

うわ、そうなんだ……。それだけ聞くと、完全に暴君みたいに聞こえるけど。

「でも、税率とか掟とか、村長ってそんなことまで決めていいの？」

「本来そういうのは領主様の仕事で、村長に権限はないんだけどな。けど、領主様は村の方針を村長に一任してるんだよ。何しろ特殊な村だからなあ、手に負えないんだろ」

そこで、アリアルさんは天井を仰いで、

「だから、前の村長にはしんどい思いもさせられたけど……まさか、あいつがいなくなってからこんなに仕事の能率が落ちるなんてなあ」

そっか。村長不在って、結構切実な悩みだったんだな。

それから少し経《た》って、わたしは牧場の隣にある大きな畑にいた。

目の前にいるのは、若葉みたいな緑色の髪をした小柄の少女。

アリアルさん曰《いわ》く、この人が例の厄介事を抱えてる人らしい、

「あなたがアリカ、ね。ふーん、近くで見ると案外可愛《かわい》いじゃない」

「……そ、そうかな」

何か、面と向かって言われると照れちゃうな……。

「自己紹介はまだよね。私はアルラウネのアルラよ。よろしくね」

「アルラウネ……？　じゃあ、アルラさんって魔物なの？」

「ええ、まあね。簡単に言えば植物を司《つかさど》る魔物なのよ」

でも、見た目は中学生くらいの美少女にしか見えないけど。アルラさんもアリアルさんたちと同じ、特別な魔物、なのかな。

「でも、アリアルの推薦とはいえ、こんな小さな女の子に相談してもね……」

「まあまあ。少しは力になれるかもしれないよ？」

アルラさんは「まあいっか」と手招きをして歩き始める。

畑には、色とりどりの野菜が植えられていた。じゃがいもや玉ねぎとか知ってる野菜から、見たこともないような野菜まで、たくさん並んでいる。

「すごいなあ。これ、全部アルラさんが育ててるの？」

「まあね。この村で野菜とか果物を育てるのが私の仕事なの。環境的に栽培が難しいものもアルラウネの私なら何とかなるから、珍しいものも結構あるのよ？」

そのまま畑を抜けると、レンガ調の小屋へと足を踏み入れる。中にあるのは、プランターに植えられた植物たち。厳重に保管されてるみたいだし、どれも特別なものなのかも。

わたしが案内されたのは、その中の一つの植物だ。それはぎざぎざの葉っぱをした、黒色の土に埋まった植物で……あれ？

何かこれ、見たことある気がするんだけど……。

「もしかして、これって……マンドラゴラ？」

「えっ、あなたマンドラゴラが分かるの!?　すごく珍しい植物なのよ？」

「……そうなの？」

「そうなの？ってあなたね……。マンドラゴラは有名な薬効植物なの。貴重な薬の材料に使われるから、錬金術師なんかは大金払ってでも欲しがるのよ？　攻略難度の高いダンジョンにしか存在しないから、こんな風に栽培するなんて普通は無理なんだから」

「へえ、すごいなあ。アルラさんって、すごく優秀な魔物なんだね」

「まあねー。アルラウネの名前は伊達《だて》じゃないってことよ」

ふふーん、とアルラさんは自慢げに胸を張る。

「でも、マンドラゴラの栽培に成功したのはいいけど、収穫出来なくて困ってるのよ。すごく苦労して育てたから、何とかしたいんだけど……」

「なんだ、そんな簡単なことだったんだ」

むんず、とマンドラゴラの茎を掴《つか》むわたし。えっ？と固まるアルラさん。

そのまま、えい、と引き抜く……その直前。アルラさんに物凄《ものすご》い勢いで抱き止められた。

「ちょっ！　あ、あんた、何してるのよっ⁉　お、落ち着いて？　良い子だからそーっと手を離してくれるかしら？　ねっ？　ねっ⁉」

「……？　どうしてそんなに焦ってるの？」

「当然でしょっ！　マンドラゴラを引き抜くなんて、自殺行為みたいなものなのよ⁉」

わたしが手を離すと、アルラさんはほっと安堵《あんど》したような表情で、

「あのね、マンドラゴラってとても危険な植物なの。伝承ではマンドラゴラは生きていて、抜くと断末魔の叫びを上げるって言われてるの。そして、その悲鳴を聞いた者は――狂気に侵されちゃうのよ？」

へえー、そうなんだ。だから、アルラさんってあんなに必死だったのか。

「あなた、可愛《かわい》い顔して無茶《むちゃ》するわね。あの叫び声は、アルラウネの私ですら耐えられな

いらしいのよ？　……そういえば、アリカってまだ子どもだもんね。幼女をなめてたわ」

アルラさんは、やれやれ、といった風に肩をすくめて、

「マンドラゴラを抜く方法は諸説あるんだけど、全部試しても無理だったのよ。一番有効って言われてるのは、ロープを巻き付けて悲鳴が聞こえない距離で抜く、なんだけど……」

「じゃあ、それもう一回やってみようよ。二人でなら抜けるかもしれないよね？」

「村中の男の人を総動員してもビクともしなかったのよ？　あり得ないと思うけど……まあいいわ。アリカの気持ちは嬉《うれ》しいし、付き合ってあげる」

大して期待していないような顔で、アルラさんはロープを取りに去って行く。

……良し。計画通り、アルラさんは遠くに離れたっぽい。

マンドラゴラを抜くから遠くに行って、なんて言っても、絶対断られるもんね。

「じゃあ、満を持してっと……」

小屋の周りに人がいないことを確認して、マンドラゴラを掴む。

思いっきり引っ張ると、すぽん、と音がしそうなくらい綺麗《きれい》に抜けた。

「――――――ッッッ！！！！」

空気がびりびりと震えるくらい、壮絶なマンドラゴラの悲鳴。おー、活《い》きが良いなあ。

きっと、アルラさん大切に育てたんだろうな。

「あ、アリカっ!?　まさかそれ、マンドラゴラじゃ……!?」

マンドラゴラが沈黙した頃、その慌てた声に振り返れば、ロープを手にしたアルラさんが真っ青な顔で突っ立っていた。

「ほ、本当にマンドラゴラ抜いちゃったの……？　ね、ねえ、意識はしっかりしてる⁉　幻覚とか幻聴があったら言って、すぐに解呪《かいじゅ》してあげるから！」

「別に何ともないよ？　ほら、こんな風にぴんぴんしてるし」

「そ、そうなの？　良かったぁ……。でも、どうしてアリカは平気なのかしら。スキルでもないと、マンドラゴラの悲鳴に耐えられるはずがないのに……」

「……それってもしかして、『瘴気《しょうき》耐性』、とか？」

「あー、うんうん。確かにそうね、『瘴気耐性』なら狂気の影響も――って、ちょっと待って。アリカ、どうしてあなたがそんなこと知ってるの……？」

「えっと、なんていうか。……持ってるんだよね、そのスキル」

「えっ……はあっ⁉　アリカみたいな子どもが、『瘴気耐性』をっ⁉」

その反応を見た感じ、やっぱりおかしいんだろうな……。あまり言いたくなかったけど、マンドラゴラ抜いちゃったから言い訳なんて出来ないし。

「う、嘘《うそ》でしょ？　『瘴気耐性』なんて、特定のダンジョンを攻略する時しか必要ないような、玄人《くろうと》向けのスキルなのよ？　しかも、マンドラゴラの悲鳴を無力化するなんて、かなり高いレベルじゃない。どうしてアリカみたいな女の子が……？」

多分、裏ダンで暮らしてたからだろうなあ。あそこ呪いで穢《けが》れてたし。

なーんて言えるわけもなく、わたしは幼女という肩書きを盾に、にこにこと笑うだけ。

子どもなんで分かりません、そんな意思表示だ。

「うぅん、分かんないなあ。やっぱり、生まれつき、ってことなのかしら……？」

「まあまあ、細かいことは気にしない。こうやって無事に抜けたんだもん。……これ、大切に育てたマンドラゴラなんだよね？　はい、どうぞ」

「あ、ありがと。……本当に変わった女の子ね、あなた」

アルラさんは笑顔で受け取ったと思うと、不思議そうに小首を傾《かし》げて、

「でも、アリカってよくあんな平然とマンドラゴラを引き抜こうとしたわね？　『瘴気耐性』があったとしても、普通なら少しは怖がると思うんだけど」

「それなら平気だよ？　何度も抜いたことあるもん」

「……はい？」

「わたしが前に住んでた場所って、マンドラゴラが辺り一面に生えてたから。……でもあれ、苦いだけで全然美味《おい》しくなかったけどなあ」

わたしの言葉に、アルラさんはただ呆然《ぼうぜん》とするばかりだった。

小さな村だけに、噂《うわさ》が広がるのも早いみたい。翌日には、「新しい村長はどうやらただ

の幼女じゃないらしい」っていう噂《うわさ》を村人みんなが知っていた。

それからというもの、わたしは村人たちにお願いされて、西へ東へと奔走するのだった。

「村長、すまないが助けてくれないか？　コカトリスの羽毛を回収したいんだが、あの嘴《くちばし》に触れると石化してしまうんだよ」

はいはーい、とコカトリスを励ましながら、羽毛を抜いたりもした。

「村長さん。ゴーレムの身体《からだ》から採掘したいんだが臆病で暴れてるんだ。何とか出来る？」

うんいいよ～、とゴーレムを宥《なだ》めて、その間に鉱石を掘ったりもした。

「村長ちゃん。赤ん坊が泣《な》き止《や》まないんだけど、ちょっと手が離せないの。少しでいいからあやしてくれないかしら？」

喜んでー、と赤ちゃんをおぶってよしよしをしてあげたりもした。

……そんな風に、あっという間に一週間が過ぎて。

わたしは今、シルヴィアに誘われて、この村唯一の料理店である『狼《おおかみ》の食卓』にいた。

何でも、村長として頑張ってるから美味《おい》しいものをご馳走《ちそう》したい、らしいけど……。

「頑張ってる、なんて大げさだと思うけどなあ。別に、大したことしてないのに」

わたしの言葉に、シルヴィアはいつもの柔らかい笑顔で、

「そんなことないよ。アリカちゃんのおかげで、みんな助かってるんだもん」

でも、本当に過大評価だと思う。確かに魔物の世話って大変かもしれないけど、わたし

にとっては裏ダンにいた頃と同じことをしているだけだ。

それに、この村の大きな問題はほとんどなくなったから、最近は平和な日々が過ぎてる。むしろ暇すぎて、家にあった歴史書とか魔物の図鑑を一日中読んでるくらい。小学校の頃は勉強なんて興味なかったけど、知らないことばっかりでこれが結構面白かったりする。

裏ダンにいた頃に比べると、魔物に襲われることもなければ、生活のために狩りをする必要もないという、何とも気楽な日々を送ってるのだった。

「お待たせしましたっ、こちらアリカちゃんの料理になります」

そこに、給仕姿のララちゃんが食事を運んできてくれた。この『狼の食卓』はララちゃんのお姉さんが経営していて、ララちゃんはそのお手伝いをしてるみたい。

ちなみに、ララちゃん一押しのフルーツパイもお姉さんが焼いたもので、とても甘くて大変美味しゅうございました。

「いつもありがと。ララちゃん、小さいのにお店の手伝いなんて偉いね」

「えへへ、ありがとうございます！　でも、ララは全然凄《すご》くないですよ？　アリカちゃんみたいなお客様に喜んで欲しくて、好きでやってるだけですから」

「うんうん、そっか。ほんとに良い子だね」

三角巾越しに頭をなでなでするとと、ララちゃんは「も、もうっ。お仕事中ですよ？」とはにかんだ。嬉《うれ》しいのか、尻尾《しっぽ》をぶんぶんと振っている。

……あれ、なんだろ。すごく胸がきゅんきゅんする。

そんなとき、厨房《ちゅうぼう》の奥から女性の声が響いた。

「ララーっ！　料理出来たから運んでくれるーっ？」

「あっ、はーい！　じゃあアリカちゃんにシルヴィアさん、また後で、ですね！」

ララちゃんは料理を受け取ると、別のテーブルにいる二人組の獣人族の男性へと運ぶ。

……？　でも、あんな人この村にいたかなあ。

「ねえ、シルヴィア。あのお客さん見たことないけど、ラフィール村の村人だっけ？」

「えっと……あっ、すごい。あの人たち、きっと村の外から来たお客さんだよ」

「あれ？　ラフィール村って、村人以外の人が来てもいいんだね」

「掟《おきて》だと、禁じてるのは人間だけだからね。って言っても、異種族自体少ないから村の外から来る人って全然いないんだけどね。私も久々に見たなあ」

そこで、シルヴィアは名探偵みたいにおでこに指を添えると、

「私の推理だと……アイテム屋さんのおかげ、じゃないかな。暗殺王のダガーを一目見たくて、ラフィール村に来たのかもね」

「えっ、あのダガー飾ってるの？」

「店主さん、売る気はないんだって。『あんな貴重品をお金に換えるなんてもったいナイ、だってボクのお店の評判になるモノ』って言ってたから」

ふーん、大切にしてくれてるんだ。それは嬉《うれ》しいかも。

少し良い気分になりながら、わたしは注文したパンケーキにフォークを刺す。

そのときだった。

「食事中に失礼します。……少し、よろしいですか？」

鈴の音がなるような少女の声に、フォークが止まった。

それほど、その少女は可愛《かわい》かったのだ。見た目は、一〇代半ばくらい。フードを被《かぶ》っていて分かりづらいけど、それでも隠しきれないくらいの可憐《かれん》さがある。

当然知らない女の子だった。こんな女の子なら、一度会えば忘れるわけない。

「えっと、村人さんじゃないよね？　わたしたちに何か用？」

わたしの言葉に、少女は首を横に振ると、

「いえ、話があるのはあなたではありません。……そちらの方、です」

「私、ですか？」

少女はシルヴィアに頷《うなず》き……そして、予想もしてなかった一言を告げるのだった。

「あなたが、この村の村長ですね？　……お尋ねしたいことがあります」

………………うん？

ちょっと待って。今、シルヴィアが村長だって言ったよね……？

「え、ええっ？　私が、ですか？」

「違うのですか？　先程声をかけた村人の方は、村長はこの村唯一の人間だからすぐに分かる、と言ったのですが。……しかし、聞いていた話が違いますね。ここには村長のあなたと、もう一人、人間の女の子がいるみたいですが」

……ははあ、なるほどなー。

うん、この娘《こ》の言葉はもっともだ。ぱっと見、シルヴィアは人間の美少女だもん。誰だって幼女のわたしじゃなくて、少女のシルヴィアが村長だって思うよね。

シルヴィアも、同じことを思ったみたい。困った笑顔を浮かべながら、

「あのー、ごめんなさい。私、村長じゃないんですよ」

「…………えっ？」

少女が驚いたようにこちらを見て、わたしは、こほん、と咳払《せきばら》いを一つ。

そして、少女を歓迎するように、精一杯の笑顔で言った。

「ようこそ、旅人さん――わたしがこの村の、村長です！」

「…………。へえ、そうですか」

呆《あき》れてる。この人、すっごい呆れた目でわたしを見てる……！

「えっと、信じられない気持ちはよく分かるんだけど……本当なんだよね、これが」

「からかうのは止《や》めてください、子どもといえど怒りますよ？　小さな女の子が村長なんてそんな馬鹿馬鹿しい村、世界中探したってあるはず――」

「あの、アリカちゃんの言葉は本当ですよ？　だって、私は人間じゃありませんから。疑問に思うなら、村人の皆さんに聞いてもらってもいいですけど……」

「では、嘘《うそ》ではないんですか？　……魔物が暮らしていたり、女の子が村長をしていたり。噂《うわさ》通り変わった村ですね、ここは」

少女は溜《た》め息《いき》を一つつくと、

「分かりました、あなたの言葉を信じましょう。食事を終えたら時間を頂けませんか？　……あと、そちらの方も一緒によろしいですか？　保護者がいてくれると安心出来ますから」

完全に子ども扱いされてるなあ……まあ、仕方ないんだけど。

わたしが「うん、いいよ」と返答すると、少女は一礼して『狼《おおかみ》の食卓』から立ち去った。

その直後、聞こえてきたのは二人組のお客さんの会話だ。

「お、おい。今の、もしかして『迷い猫』じゃないか？」

「はぁ？　んなわけないだろ、何の酔狂でそんな有名人がこんな小さな村にいるんだよ。確かに背格好は似てるけどよ、別人だよ別人」

……？　なんだろ、『迷い猫』って。

その後、わたしとシルヴィアは、フードの少女と共に私の家へと場所を移した。

「一応、礼儀として名乗っておきます。私の名前は、カナン、です。……忘れて頂いても結構ですよ。どうせ、すぐにこの村を去るので」

頭を覆っていたフードを外し……わたしは思わず、「あっ」と声を零《こぼ》す。

その頭にあるのは、猫にそっくりな愛らしい小さな耳。

このカナンという女の子はどうやら獣人族で——しかも、猫耳少女、だったのだ。

「……あまり、じろじろと見ないでください。気分が良いものではないですから」

「あっ、ごめんなさい。ちょっとびっくりしちゃって。わたしの村にも獣人族の住人はいるけど、猫耳をした人っていないから」

「……うん。アリカちゃんが驚くのもしょうがないと思うよ？　私だって、猫人族《ねこびと》の女の子なんて初めて見たもん」

そうなんだ。シルヴィアが言うくらいだから、すごく珍しい種族なのかな。

「でも、猫人族のカナン、って何処《どこ》かで聞いたような——あっ！」

突然、シルヴィアがぽん、と手を叩《たた》くと、

「もしかして、カナンさんって……『迷い猫』のカナン、ですか？」

「……『迷い猫』？　そういえば、さっきのお客さんも同じこと言ってたけど……」

「アリカちゃんはまだ子どもだし、分からないよね。……それが、カナンさんの冒険者としての通り名なの」

冒険者！　すごいなあ。女の子なのにそんな仕事してるんだ。

「何でも、『フィルデモンの回廊』っていう難関ダンジョンを突破した、凄腕《すごうで》の冒険者なんだって。それも、カナンさんってまだ一七才の女の子なのに、だよ？　だから、この大陸で最強の少女って噂《うわさ》されてるみたいなんだ。……でも、そんなに強いのに、カナンさんって一つのパーティに留《とど》まらないんだって。だから、ついた通り名が『迷い猫』、なの」

「へえー。だから料理店にいた人たちも知ってたんだね。女の子なのに、異名がつくらい有名な冒険者なんだ。……カナンさんって、かっこいいんだね」

「止《や》めてください。ただでさえ猫人《ねこびと》族で目立つのに、その異名のせいで何処《どこ》に行っても噂が立つんですから。欲しければ、あなたに譲りたいくらいです」

カナンって猫耳は可愛《かわい》いのに、同年代とは思えないくらい凛《りん》としてる。冒険者って初めて会うけど、みんなこんな風に真面目《まじめ》なのかな。

「それより、私の用件を聞いて頂いてもいいですか？　……私がこの村に来た理由は、アイテム屋に飾ってあるダガー、その譲り手に会うためです」

「……へっ？」

恥ずかしながら間抜けな声が出てしまった。

だって、それって……。

「つまり、村長。あなたに話があるんです」

「ちょ、ちょっと待って。店主さん、売り主のことまでお客さんに話してるの？」

「いえ、普段は絶対に喋《しゃべ》らないみたいですね。私が尋ねても、守秘義務だから話せない、と断られましたから」

そ、そうだよね。ちゃんと商売人としての倫理は守ってくれてるよね。

わたしがほっと胸を撫《な》でおろすと、隣にいたシルヴィアが不思議そうに、

「でも、だったらどうしてカナンさんが知ってるんですか？」

「いえ、大したことじゃありませんよ」

そして、カナンはしれっと口にするのだった。

「ほんの二〇〇万ギニーほど、お店に落としてしまったんです。そうしたら、独り言を言ってくれましたよ。……そういえば村長があのダガーを持って来てくれたなあ、と」

「…………………」

もうね、言葉もありませんよ。

店主さん、どうしてあなたは大金に魂を売ったのですか。守秘義務を守るという商売人としてのプライドは何処に行ってしまったのでしょう。そもそもカナンさん、二〇〇万ギニーって何ですか。それ完全に賄賂ですよね？　そんな大金を落とすなんてカナンさんはうっかり屋さんなんですねうふふふふふ。

隣で、シルヴィアは苦笑いしながら、

「あはは。店主さんも困った人だね」

「……あはは、で済むことじゃないと思うけどなあ」

カナンは、刀剣みたいに鋭い眼差《まなざ》しをわたしに向ける。

「暗殺王ラフィードは晩年、とある冒険者とパーティを組んでいたと聞きます。つまり、ラフィードが愛用のダガーを落とすのであれば、それはダンジョンで命を落とした時である可能性が高い。それも、暗殺王が攻略不可能である、超高難易度のダンジョンです」

あれ、どうしてだろ。さっきから嫌な汗が止まらないんだけど……！

「単刀直入に聞きます。あのダガーは、どのダンジョンで発見されたものですか？　……私は、それだけが知りたいんです」

「……えっとね、分かんない！　あのね、あの刃物は妖精さんがくれたんだよ？　君はとても良い子だから僕からのプレゼントだよって妖精さんが――」

「とてもメルヘンな嘘《うそ》ですね。あと、贈り物が凶器って妖精としてどうかと思いますが」

くっ、すごい無理して幼女のフリしたのに一秒で見抜かれた……！

シルヴィアがわたしのフォローをするように、

「でも、アリカちゃんはまだ子どもですよ？　なのにそれだけ貴重な鑑定品を持ってるなんて、おかしいと思いますけど……」

「私も俄《にわ》かには信じられませんが、事実であれば受け止めるだけです。……私は、誰も足を踏み入れたことのないダンジョンを攻略したい。どんな要求にも応えますから、教えてもらえませんか？」

とは言われても、裏ダンのことは誰にも話せないしな……。

でも、知らないって言い張るのもマズいと思う。もしこの噂《うわさ》が広がったら、またカナンみたいな冒険者が来ちゃうかもしれない。……だったら。

「うん、いいよ。……わたしとの勝負に勝ったら、教えてあげる」

「……勝負、ですか？」

「カナンさんが勝ったら、わたしは素直にダンジョンのことを話す。でももしわたしが勝ったら、わたしのことは誰にも言わないって約束して欲しいんだ。それで、勝負の内容だけど――戦闘、っていうのはどうかな？」

えっ、と言葉を零《こぼ》したのはカナン、そしてシルヴィアだった。

「で、でもアリカちゃん。それはちょっと……」

「そうです。それでは、あまりにも私が有利ではないですか。そもそも子ども相手に決闘みたいなことは出来ません。私にも、冒険者としての誇りがあります」

「でも、素直に教えてあげることは出来ないんだよね。だから、とりあえず形だけでも勝負して欲しいんだ。どうせカナンさんが勝つなら、別に構わないでしょ？」

「……仕方ありませんね。子どもの遊びだと割り切ることにします」

うんうん、そうだよね。カナンなら、絶対に受け入れてくれるって思ってた。

だって、相手が幼女なんだもん。勝ちとか負けとか、そんな発想あるわけないよね。

「ありがと。カナンさん。……でもその前に、アイテム屋に寄ってもいい？　店主さんがもらった二〇〇万ギニー、カナンさんに返したいんだ」

「えっ？　ですが、あれは私が善意で差し上げたもので……」

「カナンさんは良くても、わたしが村長として見過ごせないから。顧客の情報を売って大金を稼ぐなんて、流石《さすが》にやりすぎだもん。それに、今後あのダガーについて秘密にするようにって、ちゃんと注意しておきたいし。……じゃあシルヴィア、ちょっと行ってくるね？」

「う、うん。それはいいけど……カナンさんと勝負なんて、大丈夫かなあ」

不安そうなシルヴィアに、カナンは凛《りん》とした表情のまま、

「安心してください。この娘《こ》には傷一つつけませんから。試合といえど、相手は子どもですから。危険はないと保証します」

「えっと、そうじゃなくて――」

「まあまあっ。それより早く行こうよ、ねっ？」

急《せ》かすように、わたしはカナンの背中を押して家を出る……その直前。

ぽつり、と。シルヴィアは、独り言のように呟《つぶや》くのだった。

「私が心配してるの、カナンさんなんだけどなあ。……アリカちゃん、ちゃんと手加減出来るといいんだけど」

どうやら店主さんにも罪悪感はあったようで、お金なら速攻返してもらった。

その後、わたしはララちゃんに会った森へと移動し、開けた場所でカナンと向かい合う。

「試合を始める前に、ルールを決めよっか。お互い痛いのは嫌だと思うし、そうだなあ……どちらかの頭を撫《な》でたら勝ち、っていうのはどうかな？」

「頭を撫でる、ですか？　……それは、ちょっと避けたいですが」

「そうなの？　もしかして、なでなでされるの嫌とか？」

「そうではありません。そもそも、私が負けるはずありませんから。……問題は、私が女の子の頭を撫でたことがない、ということです。その、少し恥ずかしい、というか」

なるほど。確かに、カナンって女の子を可愛《かわい》がるタイプじゃなさそうだ。

「まあ、平和的であれば構いません。そのルールを認めましょう。……ただし、負けても泣かないでください。女の子の慰め方も知りませんから」

「うん、いいよー。じゃあ、始めっ」

声をあげると同時に、カナンが駆け出した。うん、かなり速い。さっさと勝負を終わらせる気なんだろうな。もう既にカナンは距離を詰めていて――。

その時にはもう、わたしは『闇魔法』を放っていた。

「えっ？」

きょとん、としたようなカナンの表情。

けどそれも一瞬、カナンは必死の表情でわたしの攻撃を回避して距離を取る。惜しい、もうちょっとで当たるところだったのに。

「避《よ》けられちゃったか、今のは直撃すると思ったんだけどなあ」

「…………」

……？　どうしたんだろ。カナンってば、呆然《ぼうぜん》としてるけど。

わたしが首を傾《かし》げた、その直後だった。

「な、なな……何なんですか、今のは――っ!?」

どかーん、と。まるで爆発したみたいに。

今までの冷静なカナンからは想像も出来ない、それはそれは大きな声が響き渡った。

「ありえません、こんなのあってはいけないんですっ！　魔法が使えるだけでもおかしいのに、今のは『闇魔法』じゃないですか！　どうしてそんな禁術を……!?」

「……そんなに変かな？」

「当然ですっ！　魔族や呪術師のような異端者ならともかく、あなたのような子どもが使っていい魔法じゃないんですからっ！　しかも、詠唱も術名も省略してなお発動するなんて、賢者クラスのスキルLvじゃないと不可能なんですよ⁉」

へー、そうだったんだ。お父さんが教えてくれた魔法だから小さな頃からずっと使ってたけど、この世界だとそんな物騒な扱いされてるんだ。

「まるで悪夢を見てるみたいです……。女の子なのに村長をしていたり、魔法を使ったり。あなた、一体何者なんですか」

「見ての通り、ただの幼女だよ？」

「笑顔で嘘《うそ》をつかないでください。私が知ってる幼女は、躊躇《ちゅうちょ》なく魔法をぶっぱなしたりはしません。それに、今のは下手すれば致命傷になっていましたよ？」

「それは大丈夫。カナンさんがわたしを傷つけたくないって言ったみたいに、わたしもそういうの嫌だから。さっきの魔法は状態異常を付与するっていう、それだけ」

「……状態異常？」

「うん。呪いっていう、精神異常を起こす魔法なんだけど――」

「いえ、もういいです。ちっとも安全じゃないってことだけは分かったので」

むう、失礼な。名前は怖いけど、ちょっと混乱するだけの魔法なのに。

「どうやら、あなたのレベルは相当高いみたいですね」

カナンは腰に携えていた剣を抜き、わたしに向ける。

「女の子だと侮っていたことをお詫《わ》びします。……あなたは、私が想像していたよりずっと強敵であるみたいですね」

「えっ、剣を使うの？　わたし、幼女なのに？」

「…………」

あっ、固まった。やっぱり気にしてたのかな。

「不覚ですが、私も敗北するわけにはいかないんです。……特別に教えると、私のレベルは42です。もしあなたが私よりレベルが低いなら、降参して頂けませんか？　可能であれば、あなたを傷つけたくはありません」

「へえ、カナンさんってまだ若い女の子なのにそんなに強いんだね。……でも、良かった。それなら安心して戦えるかな」

「……どういうことですか？」

「だって、わたしのレベルはカナンさんを越えてるもん。だから心配しなくても良いよ？……カナンさんの望み通り、お互い傷一つなく勝負を終わらせられると思うから」

直後、カナンからぴしりと、何か罅《ひび》が入るような音が聞こえた気がした。

……どうしたんだろ。平和的に解決出来るのに、カナンってば怖い顔してる。

「ふふ、そうですか。どうやらあなたは、私より圧倒的な力を持つみたいですね。小さな女の子なのに私に余裕で勝てる。そう言い退《の》けるくらいなんですから……！」

カナンは剣を構え、わたしを見据える。

やっぱりまだ続ける気みたい。ならわたしも応戦しなきゃいけないけど、さっきの魔法は見切られたし……別の魔法を使った方が良いだろうな。

「ご覚悟を。……『渾身の刃《ヘビーエッジ》』」

「『闇の眷属《ダークネスサーバント》』っ！」

カナンが地を蹴るのと、わたしが魔法を唱えるのはほぼ同時だった。

通常なら、詠唱を省いて二秒もあれば発動出来る魔法——けど、そんなわずかな時間も、カナンにとっては一撃を与えるに十分だったらしい。

術名を唱え終えた時、カナンの刃《やいば》はわたしに迫っていた。

「わっ、とと……っ！」

慌てて跳躍して何とか回避する。……いや、今のは当てる気がなかったんだろうな。剣筋を見るに、脅しの一撃、って感じがしたもん。

そう思った直後、背後から轟音《ごうおん》。振り返ると、災害が起きたような光景が広がっていた。

さながら地割れのように、地面に亀裂が走っていたのだ。

大地を引き裂くほどの一閃《いっせん》——これが、カナンの剣技なんだ。

「カナンさんって、こんなことも出来るんだ。……でも、わざと外してくれたんだよね？　今の一撃受けてたら、間違いなく致命傷になってたもん」

「……当然です、私の方が年上なんですから。むしろ、子ども相手に本気を出してしまい、大人げなかったかもと反省してるくらいですよ」

恥ずかしげに口にしたと思うと、わたしに真剣な眼差《まなざ》しを向けて、

「これで分かったでしょう。私が剣士である以上、全力を出せばあなたは無事では済みません。敗北を認めて頂けませんか？　……次は当てますよ？」

「うん、そうだね。……じゃあ、これで終わらせよっか」

わたしは、ぱちん、と指を鳴らし、周囲一帯に巨大な魔法陣を展開させる。

そして……魔法陣から現れるのは、生き物みたいな大量の触手、だ。

あまりのことにびっくりしたみたいで、あっという間にカナンは触手に捕まってしまう。

「な、何ですかこの気色悪いものは！　くっ、なるほど、闇魔法に相応《ふさわ》しいおぞましい魔法ですね……！」

お、おぞましい……。そっか、普通の女の子にはそう見えちゃうのか……。

このうねうね君、わたしは好きなんだけどなあ。見た目はちょっとあれだけど、人懐っこい可愛《かわい》い性格してるもん。外見で判断するのは良くないと思う。

「心配ないよ？　うねうね君たち、絶対にカナンさんを傷つけないから。ちょっと身動きを取れないようにしてくれてるだけ。……でも、これでわたしの勝ち、かな？」

その言葉にカナンが、はっ、と顔をあげる。

この勝負の勝利条件。それは……どちらかの頭をなでなでること。

「ま、待ってくださいっ！　ほ、本当にするんですか？」

「そうだよ？　だって、それで良いってカナンさんも言ったでしょ？」

「で、ですが、負けるなど夢にも思ってなかったので……その……」

そこで、カナンさんは小さな声で口にした。

「頭を撫《な》でる、というのは愛情表現の一つではないですか。今までされたことがありませんし……恥ずかしいんです。私より幼い女の子に、なでなでされるなんて」

カナンさんってば、顔が真《ま》っ赤《か》になってる。

あんなに凛然《りんぜん》としてる女の子だったのに、今じゃ恥じらう乙女みたい。

「だ、だから、その、許して頂けると……」

「……そっか。カナンさんって、恥ずかしがり屋さんなんだね」

わたしは、にこにこと笑顔を浮かべながら、

「でも、だーめ♪　……安心して、優しくしてあげるから」

「えっ――ふあっ」

そっと頭を撫でると、カナンは可愛らしい甘い声を零《こぼ》した。

うわ、やっぱり柔らかい。初めて猫耳に触ったけど、くにくにしててとても気持ち良い。

それにお手入れを欠かさないのか、カナンの髪はとても良い香りがした。

その間、カナンは声を出さないように、頬《ほお》を染めて必死で耐えている。その姿はぎゅっ

と抱きしめてあげたいくらい可憐《かれん》で、ずっとこうしていたいくらい。

でも、あんまりカナンを困らせるのも良くないだろうな。

「はい、終わり。よく頑張ったね、偉い偉い」

ぱっと魔法陣を消すと、がくり、とカナンが両手を地面につけた。

「……屈辱、です。幼女に敗北したうえに、しかも頭を撫《な》でられ、あまつさえ子ども扱いをされるなんて……」

「でも、これで勝負はついたよね？　試合前に話した通り、わたしのこと誰にも言わないでね。たとえば、ダガーを持ってたこととか、魔法を使えることとか、ね」

「……それは、約束します。ですが、もう一度勝負をしてもらえませんか？　どんな条件でも構いませんから、再戦を――」

「それはちょっと出来ないかなー。ダンジョンのことは話せないし、わたしはあの村でのほほんと暮らせるならそれだけで十分だもん。ごめんね？」

「し、しかし……」

「お願いだから、言うことを聞いてくれると嬉《うれ》しいな。良い子だから、ねっ？」

「……っ。そ、そんな言い方しないでください！　まるで私の方が子どもみたいじゃないですか、もうっ！」

よっぽど悔しいのか、カナンはほとんど涙目になりながら、

「分かりました。相手が幼女だろうと、私の負けには変わりありません。無理な頼み事をしてすみませんでした。……失礼します」

そのまま頭を下げて、カナンは立ち去ってしまった。

本当に、わたしのことを秘密にしてくれるか分からないけど……まあ、安心しても良いと思う。礼儀正しい女の子だし、約束は守ってくれるはず。

「ただ……もうちょっと、カナンさんとは仲良くなりたかったなあ」

わたしと年齢は変わらないみたいだし、初めて会った冒険者だし。ダガーの件を抜きにして、もっとお喋《しゃべ》りしたかったんだけど。

だから、またいつかカナンに会いたいなあ……なんて。

「——やっちゃった……」

カナンと出会ったその夜、『そんちょう』と書かれた腕章を前に途方に暮れていた。

カナンが初めてわたしを見た時、微塵《みじん》も村長だって思ってなかったし、一応腕章くらい作ろうかなって思ったんだけど……問題は、ひらがなで書いてしまったことだ。

けど、この国の言語は読むことは慣れてるけど書く機会は滅多《めった》にないから、つい日本語を使ってしまったのだ。しかも、漢字の知識なんて小学一年生並みだし、一〇年も異世界にいてど忘れしたたしで、恥ずかしながらひらがなである。

これは使えないし、戸棚の奥深くに封印しとこうかな……そう思った時だ。

ちりん、と家の呼び鈴が鳴った。

こんな夜更けに来客？と思いながらも玄関の扉を開けて……きょとんとする。

そこにいたのは、昼間出会ったばかりの猫耳少女。カナン、だった。

「あれ、カナンさん……？」

「夜分遅くに失礼します。少しよろしいですか？　……あなたにお話があるんです」

そう口にしたと思うと、急にカナンは黙ってしまう。

わたしが首を傾《かし》げたそのとき、カナンは覚悟を決めたようにわたしを見つめた。

「お願いします。……私をあなたの使用人として、傍《そば》に置いて頂けませんか？」

「…………はい？」

それって、冒険者からメイドに転職したいってこと？

なに、その突然の告白。

「冒険者の活動は、しばらく休止することにしました。あまり家事は得意ではありませんが、その分給与は求めません。寝床さえ用意して頂ければ、無給であなたのお世話を――」

「ちょ、ちょっと待って。使用人って、いきなりどうしたの？　カナンさん、昼間にはそんなこと一言も言ってなかったよね？」

「……あの後、考えたんです。どうにかして、あなたと暮らせないかと」

「わたしと暮らす……？」

「素直に告白します。……私はやはり、ダンジョンのことが諦めきれません」

どこか後ろめたそうに、カナンは口にする。

「誰も知らないダンジョンを開拓するのは、全ての冒険者の憧れ。それは私も変わりません。ですから、少しでもその手掛かりを得るために、使用人としてでも構わないので一緒に暮らしたい。それが、あなたに会いにきた理由の一つです」

「なるほどね。でも、理由の一つってことは、他にもあるの？」

「……え、えっと、ですね」

……どうしたんだろ。カナンってば、急にそわそわし始めちゃった。

「その、とても言いづらいんですけど……あなたに興味があるから、です」

「……えっ？」

「あなたみたいな人、初めて会ったんです。村人を束ねていて、魔法を習得していて、そして私より強い小さな女の子。世界中探しても、きっとそんな娘《こ》はいません。だから、あなたのことをもっと知りたいんです。……それに」

カナンは、わずかに頰《ほお》を朱に染めて俯《うつむ》いた。

「あなたなら、私を『迷い猫』としてではなく、一人の女の子として接してくれると思ったんです。……あんな風に頭を撫《な》でられるなんて、あなたが初めてでしたから」

「……そっか」

わたしは微笑《ほほえ》みながら、カナンにはっきりと告げる。

「でもごめん、使用人を雇うつもりはないんだ。今のところ、この生活が気に入ってるから。家事も洗濯も、お金で代わって欲しいってあんまり思ってないんだ」

「……そう、ですか」

「だから——ルームメイトとしてなら、いいよ？」

カナンの表情が、一瞬で驚きに染まった。

「わたしも、カナンさんにもう一度会いたいなって思ってたから。だから、使用人じゃなくて、友達として一緒にいて欲しいの。……駄目かな？」

「い、いえ、それはむしろ嬉《うれ》しいですが……正直、不安でもあります。誰かと共同生活をするなんて、仕事仲間と野宿くらいしか経験がありませんから」

そう口にすると、カナンは頬《ほお》を朱に染めて、

「それに、あなたのような小さな女の子と喋《しゃべ》ったことも、あまりありませんから。いきなりこんな風に一つ屋根の下で暮らすなんて、その……恥ずかしくて」

「あはは、そうなんだ。カナンさんって可愛《かわい》いんだね」

「か、可愛い……っ!? や、止《や》めてください。私の方がお姉さんなんですから」

「そういう言葉、逆効果だと思うけどなあ。胸がきゅんってしちゃうもん」

「……あまりからかわないでください。怒りますよ？」

　ぷいっ、とそっぽを向くカナンに、わたしは笑顔を浮かべると、

「ごめんごめん。じゃあ、改めて自己紹介しなきゃね――ラフィール村にようこそ、カナン。わたしが村長のアリカ、です」

「……そういえば、確かにまだあなたの名前をちゃんと聞いてませんでしたね。あの時は、すぐにこの村を去るとばかり思ってましたから」

　カナンはほんの少しだけ微笑むと、わたしに手を差し出した。

「不慣れなことばかりで迷惑をかけるかもしれませんが、色々教えてくれると助かります。……よろしくお願いしますね、アリカ」

「あっ、やっと名前で呼んでくれたんだ。でも、シルヴィアみたいに、アリカちゃん、でもいいよ？　わたしの方が子どもだもん」

「あ、アリカちゃん、ですか？　……やっぱり、止めておきます。そんな風に誰かを呼んだことがないので、身体《からだ》がくすぐったくなりますから」

「えー？　カナンお姉ちゃんには、もっと可愛がって欲しいのになー」

「……こんな時だけ子どもになるなんて、ずるいと思いますよ？」

　こうして、このラフィール村に新しい村人が――そして。

　わたしにとって、新しい友達が出来ました。

三章 シルヴィアの秘密、あるいはとある幼女との出会い

偉い人は言いました。友情は喜びを二倍にし、悲しみを半分にしてくれると。

そしてルームメイトがいれば、家事を半分にすることだって出来るのです。

その証拠に、カナンと同居を始めて三日が経《た》った現在。わたしとカナンはラフィール村の共同洗濯場で、洗濯をしているのだった。

「おっ、アリカも洗濯してるんだ。それにカナンもいるんだね。……いいなあ、手伝ってくれるルームメイトがいて」

その声に振り返れば、そこには大量の洗濯物を抱えたセシリアさん。

ちなみに、つい先日カナンの歓迎会をしたから、彼女のことは周知の事実になっている。

まあ、大抵の人はあのカナンが村人になるって聞いて、びっくりしてたけど。

「うわ、セシリアさん凄《すご》い量の洗濯物だね。それ、全部やるの？」

「まあね、素っ裸でいるわけにもいかないから。こういう時、独り暮らしはしんどいよ。仕事と家事どっちもやらなきゃいけないんだもん。……はあぁ、誰か私のこともらってくれる人いないかな……」

どよーん、とした表情をするセシリアさん。けど、その気持ちはよく分かる。

というのも、それくらいこの時代の洗濯は手間がかかるのだ。

まだ洗剤や石鹸《せっけん》が発明されていないのか、それとも流通していないのか。灰汁《あく》で手洗いするというのが主流だった。けど、汚れを落とそうと思えば衣服一枚につき数十分も手洗いする必要があるし、そのくせ洗濯物が真っ白になるわけでもない。

「確かにそうだよね。……カナンも冒険者だったたし、家事とか大変だったんじゃない？」

「私の場合、洗濯しませんでしたね。受注したクエストのために遠征することがほとんどで洗濯物が溜《た》まってしまうので、お金を払って洗濯を代行してもらってましたから」

その言葉にばっと顔を上げたのは、セシリアさん。

「えっ、カナンって洗濯屋使ってたの⁉　羨ましいなあ、都会。ラフィール村みたいな小さな村に、そんな仕事してる人いないし」

「確かに、私も久しぶりに洗濯をしましたが結構腕が疲れますね。これを日常的に行っているなんて、村人の皆さんには素直に尊敬します」

本音を言えば、わたしは今まで洗濯を不満に思ったことはなかった。この村には十分な衣食住があるし、暇潰しになる本もあれば一緒に暮らしてくれる人もいる。洗濯が不便なんてことは、些細《ささい》なことなのだ。

……ただ、村人のみんなにとっては、些細なんて言葉で片づけられないんだろうな。

村のためにも、もっと洗濯を効率化出来るようになればいいんだけど。

「……良かったら、洗濯手伝おっか？」

「いいよ、大変なのはみんな同じなんだもん。私だけアリカの世話になるなんて、何かずるいだろ？　……でも、気持ちは嬉《うれ》しいよ。ありがと」

小さく笑うセシリアさんの横顔は、どこか疲れが滲《にじ》んでいた。

「それより聞いたよ、カナンってアリカと一緒に暮らすことにしたんだろ？　しかも、そのきっかけがアリカとの勝負、なんてね。あの『迷い猫』が幼女に負けたなんて、冒険者ギルドの連中が聞いたら卒倒するんじゃない？」

「なっ……！　ど、どうしてあなたがそのことを知ってるんですか⁉」

「だって噂《うわさ》になってるもん。ここは小さい村だからね、そんな楽しそうな噂なら誰もほっとかないよ？」

……もしかして、それってわたしがシルヴィアに話したから、かな。

言いふらすつもりはなかったんだけど、ちょっと悪いことをしちゃったかも。

「う～……。不覚です。冒険者の名誉のためにも、秘密にしたかったのですが……」

「まっ、相手がアリカなんだもん、カナンが負けたって不思議じゃないさ」

「ですが、アリカはまだ小さな子ども、ですよ？」

「アリカがただの子どもじゃないことは、この村のみんなが知ってるからね。だって、ドラゴンを一撃で倒しちゃうんだよ？　それにアリカって年齢の割に大人なところあるし、こんな幼女を超越したような女の子、常識で考えるだけ無駄でしょ」

今、さらっと無茶苦茶《むちゃくちゃ》なこと言いませんでした？

幼女を超越なんて言葉、生まれて初めて聞いたな……。

「じゃあ、雑談してても洗濯物は綺麗《きれい》にならないしさっさとやらなきゃね」

「うん、頑張ってね。……そうだ。セシリアさんに聞きたいことがあったんだけど、シルヴィアについて何か聞いてない？」

「……シルヴィア？」

首を傾《かし》げるセシリアさんに、わたしは疑問を投げかける。

「カナンの歓迎会が終わったくらいかな。シルヴィアに、ちょっと用事があるから村を留守にするね、って言われたの。あれから三日経《た》つんだけど、まだ帰ってないみたいだから、大丈夫かなって」

「あー、そうなんだ。確かにあの娘《こ》、ふらっといなくなるときがあるからね。でも心配しなくてもいいんじゃない？　毎回いつの間にか帰って来てるし」

そういうもの、なのかな。でも、シルヴィアは何処《どこ》に行くとか話してくれなかったし、やっぱり不安は覚えてしまう。

考えてみたら、シルヴィアって謎が多いんだよね。シルヴィアがどんなお仕事をしてるかも知らないし、どんな種族なのかも教えてもらってない。

……まあ、ね。裏ダンジョンのことを言えないわたしも似たようなものなんだけど。

シルヴィアのこともっと知りたいなあ、なんて。

その日の夕方、わたしは久しぶりにキッチンに立って夕食の準備をしていた。ここ最近、カナンの歓迎会で作り過ぎた料理をご飯にしてたから、料理は久しぶりだ。

だから、今日は初めてカナンがわたしの料理を食べる日であり……そして同時に、初めてわたしがカナンの料理を食べる日、なのだった。

「ただいま帰りました。では、すぐに夕食を作りますね」

籠を手にしたカナンが帰って来た。何でも、この村の肉屋では欲しい食材が品切れだったから、近くの森で狩猟をしていたらしい。狩った獲物を食べれるように処理するのって大変な作業なんだけど、優秀な冒険者だけあってナイフ一本で綺麗《きれい》に捌《さば》けるみたい。

「でも、カナンの料理かあ。どんな料理を作るか、ちょっと楽しみだったんだよね」

「そ、そうですか？　ですがあまり期待しないでください。難しいものは作れませんから」

わたしたちは料理を作り終えると、テーブルに並べる。

カナンが作ったメニューは……『ホーンラビットのソテー』。

「……すごいね、これ」

一言で表すなら、ワイルド、だった。

お皿に、どん、と置かれた威圧感すら感じるぶ厚いお肉。調味料は塩とハーブのみで、なんか「思う存分俺を喰《く》らえっ！」って自己主張してるようだ。

「私が作れるのは、こんな焼き料理くらいなものです。何しろ、野宿ばかりの生活を送ってましたから。困ったらとりあえず焼いておけ、というのが私の持論なんです」

「じゃあ、これってカナンの得意料理なんだね。では早速……」

いただきます、と手を合わせてから一口食べて……その美味《おい》しさに思わず「ん〜っ！」と声が零《こぼ》れてしまう。

お肉は柔らかく焼き加減が絶妙で、噛《か》めば噛むほど肉汁が溢《あふ》れてくる。味付けのハーブと塩がお肉の旨《うま》みを存分に引き出していて、控えめに言って最高だった。

「はぁぁ、幸せ……。カナンって料理が上手なんだね」

「喜んでもらえて良かったです。……でも、私はアリカの料理にびっくりしましたけどね」

わたしが作ったメニューは……『クリームシチュー』。

この村で売っていた新鮮な野菜、それにミルクやスパイスをふんだんに使ったとろとろのシチューだ。『狼《おおかみ》の食卓』で働いてるララちゃんから教えてもらったレシピだから、わたしの料理の腕さえ下手でなければ、きっと美味しいシチューになってるはず。

カナンが一口食べると、小さな笑顔を浮かべる。

「うん、とても美味しいです。てっきりオートミールのような簡単なものかと思ったのですが、こんな丁寧な料理を家庭で食べれるなんて。アリカはすごいですね」

「ほんとに？……良かったぁ」

　実を言えば、料理にはちょっとだけ自信がある。何しろ、日本にいた頃は誰も料理なんて用意してくれなくて、毎日のように自分で作ってたから得意になってしまったのだ。

まあ、裏ダンで暮らしてからは料理らしいことは出来なかったんだけど。

「でも、安心しちゃった。ラフィール村に来る前は、ちゃんとした料理を作る環境なんてなかったから、料理自体久しぶりなんだよね」

「料理を作る環境がなかった……？　そんな場所で暮らしていたんですか？」

「わたしも、カナンと似たような生活してたから。あの頃はよく野草とか食べてたなあ。特に、ダチュラっていうキノコとか、ミスト草っていう薬草とか甘くて──」

「ちょ、ちょっと待ってくださいっ！　食べてたって、そんなものをですかっ⁉」

「そうだけど……。もしかして、カナンも知ってるの？」

「え、ええ。だってそれ……猛毒、ですから。人間が食べたら、口から泡を吹いて絶命してしまうくらい危険な食べ物ですよ？」

…………うん？

あ、あれ？　そういえば、裏ダンには有毒植物しかないってお父さんが言ってたような……ずっと昔の話だったし、忘れてた。

「えーと……とても美味《おい》しかったですよ？」

「そういう話ではありませんっ！　猛毒でも平気なんてどんな身体《からだ》してるんですか!?」

「あ、あはは。わたしが暮らしてたとこって、毒草でも食べれる部類だったから。初めは苦しかったけど、食べてる内に慣れちゃったんじゃないかな？」

思い返せば、あの頃は食事の度に泡吹いて気絶して、その度にお父さんに助けてもらってたっけ。そのせいで耐性が出来たのかも。

「毒草でも食べれる部類……？　どんな食生活を送っていたんですか、アリカは」

ジト目をするカナンに、わたしは誤魔化《ごまか》すようにぱくぱくとご飯を食べるのだった。

……その後、料理を食べ終えたわたしは、リビングで本を読んでいた。

一通り読み終えて顔を上げると、目に入るのはソファに座って読書をするカナン。もしかしたら、結構読書家なのかも。真剣な表情で読み耽《ふけ》っている。

……なんか、女の子がわたしの家にいるって、不思議な気持ち。

今まで一緒にいたのは魔物だけだったから、女の子と暮らしてるっていうこの状況が、まるで夢みたいだ。

何となく、わたしはカナンの隣に移動すると、ぽふん、と横になる。

つまり、カナンに膝枕をしてもらっている、という状況だ。

「…………。アリカ。突然、何をしてるんですか？」

「んー？　膝枕だよ？　カナンの身体、柔らかそうだなあって思って」

「直球ですね……。一応誉《ほ》め言葉と受け取っておきますが、降りてもらえませんか？」

「…………zzz」

「寝たふりをしても駄目です。それとも、眠いならベッドまで連れて行ってあげますけど」

「ううん、いい。カナンの膝枕の方が気持ちいいもん。ずっとこうしてたいくらい」

「……そういう恥ずかしい言葉を、真顔で言わないでください」

カナンは、まるで顔を隠すように本を読む。もしかして、照れてるのかな？

「ちょっとだけでいいから、カナンに膝枕して欲しいの。わたし、女の子と暮らしたことなんてなかったから。カナンがいてくれるの嬉《うれ》しいんだ」

「……そういうお願いをされるのは、困るんです」

「わたしがここにいるの、やだ？」

「そうではなくて……こんな風に甘えられるなんて、初めてなんです。アリカのことを可愛《かわい》いとは思いますが、恥ずかしくてどうすればいいか分からなくて……」

「でも、可愛いって思ってくれてるんだよね？　……じゃあ、はい」

わたしは、本を降ろして目を閉じる。

「わたしの頭、撫《な》でてもいいよ？　そうしたら、少しは恥ずかしさにも慣れるでしょ？」

「——え、ええっ⁉　し、しかし……」

「小さな女の子を可愛がるって、全然おかしいことじゃないよ？　いつもみんなにされて

るし、カナンの方がお姉さんなんだもん。……カナンが嫌じゃなかったら、だけどね」

「…………」

カナンは緊張したみたいに息を呑《の》んで……そっと、わたしの頭を撫《な》でた。

……なんだか、わたしもかなり幼女に順応してきた気がする。前は子ども扱いされてるって思ったのに、カナンになでなでされると、頬《ほお》が緩んじゃうくらい気持ち良い。

それに、カナンの膝の上はとても柔らかくて、素直に羨ましい。わたしみたいな子どもの身体《からだ》だと、こんな風に膝枕するなんて無理なんだろうなあ。

……けど、わたしが幼女のおかげで膝枕してもらえるんだし、いっか。

「アリカは、本当に不思議な女の子ですね。魔物と仲良くなれて、私を倒すくらい強くて……けれど、こんな私に甘えるくらい、純粋な女の子なんですから」

そう口にするカナンの声音は、何だかとても嬉《うれ》しそうだった。

気のせい、かな。

翌日の朝、わたしはもうすっかりお馴染《なじ》みとなった、飼育されてる魔物たちの様子を確認し終えて帰り道についていた。ちなみに、今日はカナンも一緒だ。

帰宅をして……わたしとカナンは、玄関できょとんとした。

というのも、リビングのテーブルの上に、ありえない生き物がいたから。

それはぷよぷよした愛くるしい見た目で……紛《まが》うことなき、スライム、だったのだ。

「あれ？　どうしてわたしの家にスライムがいるんだろ……？　もしかして、迷い込んできちゃったのかな？」

家の鍵を閉めてなかったたし、十分ありえる話だった。人生の半分以上、裏ダンっていうワイルドな場所で暮らしてたから、つい施錠を忘れてしまうのだ。

カナンは、スライムから目を逸《そ》らしながら、

「野良だとは考えづらいですよね。ということは、飼い主がいるんでしょうか？」

「うーん。わたしが知ってる限り、スライムを飼ってるのってシルヴィアだけだよ？」

でも、シルヴィアの家にいた子とは、ちょっと違うと思うんだけど。直接シルヴィアに聞きたいけど、まだ帰ってないみたいだしなあ……。

わたしが抱き上げてみても、スライムはちっとも動かない。指でつっついてもぷにぷにするだけで、全然反応しなかった。

わたしは、感触を楽しむように思う存分むにむにした、その時だった。

その、自分でも何言ってるんだろう、って思うんだけど……突然、スライムが眩《まばゆ》い光に包まれたのだ。

「え……っ？　な、なんですか、それは？」

カナンが驚きの声を零《こぼ》し、スライムはぴょん、とわたしから飛び降りる。そして、目を

開けられないくらい強い光を放って……その光景に、ぽかんとした。

だって——だって、そこにいたのは。

シルヴィア、だったから。

「——ふあ……」

慎《つつ》ましいあくびをするシルヴィアに、頭がまるで働かない。だって、スライムが迷い込んだと思ったら消えちゃって、その代わりにシルヴィアが現れて……それに。

今のシルヴィアは、一糸纏《まと》わない姿をしていたから。

うん。いわゆる、全裸ってやつ。

スライムに負けないくらいぷにぷにしてそうな胸も、うっとりするくらい綺麗《きれい》な肌も、何もかもを露《あら》わにしていた。

シルヴィアは、たった今わたしに気づきましたと言わんばかりに驚いて、

「アリカちゃん……？　あ、あれ、もしかして私、居眠りしちゃってたの？　じゃ、じゃあ、ひょっとして……さっきの姿、見ちゃった？」

「えっ……？　じゃ、じゃあ、さっきの可愛《かわい》いスライムって……？」

そう口にした途端、シルヴィアは恥じらう乙女みたいにもじもじしながら、

「うぅ〜〜……！　や、やっぱり、私のはしたないとこ見られちゃったんだ。……あんなに恥ずかしい姿を見せたの、アリカちゃんが初めて、なんだよ？」

……わたしは今、夢でも見てるのでしょうか？

まさかシルヴィアの正体が――弱小モンスターの筆頭である、スライムだなんて。

しかも、シルヴィアってば真っ裸だし。どこからツッコめば良いのやら分からず、わたしは呆然《ぼうぜん》とするばかりで……ぽん、とシルヴィアは、わたしの頭に手を置いた。

「え、えっと。それより、まだ大切な言葉言ってなかったね」

シルヴィアの表情に浮かぶのは、初めて出会った時のような、優しい笑顔。

「ただいま、アリカちゃん。……私がいなくて、寂《さみ》しくなかった？」

もう、何もかもどーでもよくなった。

感情に身を委ねるように、思わず胸の中に飛び込む。

「おかえり、シルヴィア！　会えて良かったあ。何日も帰ってこないから、何かあったのかなってずっと心配してたんだよ？」

「あはは、ごめんね。……カナンさんも、ありがとうございます。アリカちゃんってまだ子どもですから、カナンさんが一緒にいてくれて助かりました」

「……ふ――」

「ふ？」

「――服を着てくださいっ！　いつまでその格好でいるんですか、もうっ！」

「……あっ、本当ですね。このままだと風邪《かぜ》をひいちゃいますもんね」

「そうじゃなくて、シンプルに私が恥ずかしいんです！」

顔を真っ赤《まっか》にしたカナンの叫びに、ようやくシルヴィアは自分があられもない姿でいることに気づいたのだった。

それから、シルヴィアは着替え終えるとテーブルに着いた。

「私の種族のこと、今まで黙っててごめんね？　アリカちゃんには内緒にしたかったんだ。スライムってことは、恥ずかしいから隠しておきたかったの」

「そうだったんだ。シルヴィアがスライム、かあ」

だから胸もスライム並みに大きいのかな、なんて考えてるとカナンが、

「ですが、スライムが人間に変化出来るほどの高等なスキルを得るなんて、聞いたことがありません。そもそも、スライムなのに人並みの知能を持つなんて……」

「私は、普通のスライムと少しだけ違うみたいですから。そのおかげでちょっとだけ長生きなんですよ？　……ほんの一五〇年くらい、ですけど」

ちょっとどころか、びっくりするくらいの長寿だった。

「でも、どうしてシルヴィアはスライムの姿でわたしの家にいたの？」

「あはは……。私って、睡眠状態になるとスライムに戻っちゃうんだよね。アリカちゃんの帰りを待ってる間にうとうとしちゃって、それで……」

「なるほど。……しかし、寝るだけで服が脱げるなんてシルヴィアさんも大変ですね」

「……？　どうしてですか？」

「えっ？　だって、つい居眠りしたら他人に目撃される可能性があるじゃないですか。最悪、異性の方に見られるなんてことも……」

「……あ、あーっ！　はい、もちろんですっ！　殿方に裸を見られるのは恥ずかしいことですもんね！　それくらい分かってますとも！」

……今の完全に、そういえばそうだった、って反応じゃなかった？

シルヴィアって、裸を見られても全然動揺しなかったし……もしかして。

わたしはカナンの肩を叩《たた》くと、こっそり耳打ちをする。

「ねえ、シルヴィアが裸でも平気な理由なんだけど。最近本で知ったんだけど、スライムって性別がないんだよね？　もしかして、それが原因なのかも」

「……性別がない？　しかし、シルヴィアさんはどう見ても女性ですよ？」

「確かに、外見も内面も女の子だよ？　でも、スライムって本質的に雄とか雌の概念がないみたいなんだ。だから、知識としては知っていても恥ずかしくないのかな、って」

「そ、そんなことが……？　でも、確かにそう考えれば辻褄《つじつま》が……」

「あの～。二人共、どうしたのかなー？」

わたしは、困ったように笑うシルヴィアに振り返ると、

「ねえ。ちょっと勇気を出して質問するけど……シルヴィアって、今まで男の人にあられ

もない姿を見られたことって、あるの？」

「……言われてみればないなあ。他の女の子から、それって恥ずかしいことだよって言われてたし、一応気をつけて――」

「うん、そうだよね！　良かったあ、シルヴィアが清純なままで！」

「シルヴィアさん、これからは自分を大切にしてください！　何も知らないあなたがそんな目に遭うなんて、私たちまで心が痛みますから！」

「……う、うん。えっと、ありがとう……？」

ぽかんとしてるけど、これ本当に分かってるのかな……。

「でも、全部話したらすっきりしちゃった。いつか、アリカちゃんにはちゃんと言わなきゃって思ってたんだ。……隠し事してたら、一緒に暮らすなんて無理だもん」

「…………えっ？」

「一緒に暮らすって、それってもしかして……？」

「うん。……アリカちゃんさえ良ければ、この家に住ませて欲しいんだ」

シルヴィアの表情に浮かぶのは、優しい微笑《ほほえ》み。

「前々から、小さいのに一人暮らしなんて大丈夫かな、って心配だったんだ。でも、一緒に暮らせば私がスライムだってバレちゃうから、決心がつかなくて……カナンさんが来たの、そんな時だったんだよね。アリカちゃんと同居するカナンさんのこと、すごく羨ましかったから、だから――」

そして、シルヴィアは淑《しと》やかにお辞儀をする。

「こんな変な女の子ですけど……一緒に、暮らしてくれませんか？」

「……うん、もちろん。シルヴィアなら大歓迎だよ」

わたしは、緩んでしまう頬《ほお》をそのままに、

「わたしが初めてこの村に来た時、迷子だって思って優しくしてくれたでしょ？　あの時、すごく嬉《うれ》しかったんだよ。……そんなシルヴィアが、好きなんだ」

「あ、アリカちゃん……！」

きゅん、と。胸が高鳴るみたいにシルヴィアの頬が染まる。わたしだって、多分にやにやしちゃってるんだろうな。それくらい嬉しいんだもん。

……なのに、カナンはちょっと暗い顔をしてた。

「シルヴィアさんも、アリカのルームメイトになるんですね。……そう、ですか」

「カナンさん……？　あっ、もしかして、もっとアリカちゃんと二人きりでいたかったなあ、とか考えてます？」

「っ!!　ちち、違います！　そんな風には、決して……！」

……カナンってば、顔が真《ま》っ赤《か》になってる。もしかして、図星だったのかな？

だとしたら、嬉しいかも。カナンも、わたしといる時間が好きだったんだ。

そんなカナンに、シルヴィアはくすくすと笑いながら、

「大丈夫だよ？　アリカちゃんを独り占めしたりなんてしないから。カナンちゃんとも仲良くしたいから、これからよろしくね」

「か、カナンちゃん、ですか？　その呼び方はちょっと……」

「でも、こっちの方がしっくりくるんだけどな。だって、私の方がお姉さんだと思うもん。少なくとも一五〇才くらいは、ね」

「そうそう。可愛《かわい》い呼び名だと思うよ、カナンちゃん」

「……どさくさに紛れて、アリカまでその呼び方をしないでください。アリカは私より、ずっと子どもなんですから」

こうしてまた一人、シルヴィアという女の子が新しく暮らすことになった。

これでめでたし……って思ったけど、シルヴィアについて気になることが残っていた。

「そういえば、シルヴィアって三日も留守にしてたんだよね。何をしてたの？」

「アリカちゃんには言ってなかったね。私、スライムを飼うお仕事をしてるから、その都合で遠くまで出かけてたんだ」

「えっ、シルヴィアってそんな仕事をしてたの？」

「アリカちゃんには秘密にしてたんだけどね。仕事の内容から私がスライムだってバレちゃうんじゃないかな、って思ったから」

どこぞの小学生探偵じゃあるまいし、そんな名推理無理なんだけどな……。いやでも、結構似てるかもしれない。見た目は幼女、頭脳はＪＫなわけだし。

「でも、スライムを飼うお仕事なんてあるんだね」

「スライムから採取したアイテムは冒険者の間では有名ですよ？　たとえば、ヒールスライムの粘液から調合したポーションは、薬草より傷を癒《いや》す効果がありますから」

「そうそう！　それに、スライムって薬や罠《わな》の素材にも使われるんだよ！」

カナンの言葉に、シルヴィアは目を輝かせて、

「私のお仕事は、スライムの素材を採取することなの。スライムは弱い魔物だけど、その種類は一〇〇を超えるって言われるくらい多くて、それぞれに特性があるんだ。スライムは人間の最良の友である、っていうのが私の家の家訓なんだよ？」

「家訓って、シルヴィアの家ってそんなに歴史が長いの？」

「……まあ、今さっき思いついただけなんだけどね。えへへ」

でも、スライムの種類ってそんなに多いのか……うん？

いや、ちょっと待てよ。

だとしたら、もしかしてこれって――村のために使えるのでは？

「ねえ！　シルヴィアに聞きたいんだけど、さっきスライムそれぞれに特性があるって言ったよね？　それって、スキルっていう形で可視化することも出来るの？」

「えっ？　うん、出来るよ。私の家にある図鑑には、スライムの生態や能力とか纏《まと》めてあるから。たとえば、ヒールスライムは『治癒』のスキルがある、とかね」

「そうなんだ！　じゃあね――」

そこで、わたしはあるスキルを持つスライムのことを尋ねるのだった。


「どうしたの？　いきなり付き合って欲しいなんてさ」

一時間後、わたしは牧場で働いていたセシリアさんを呼び出していた。

「ちょっと村の施設を改良してみたから、セシリアさんに感想を聞きたいんだ」

「……は？　改良？」

セシリアさんを連れてきたのは、ラフィール村の共同洗濯場。いくつか並んだ石の水溜《みずた》めと灰汁《あく》を捨てるための排水路がある、今では見慣れた場所だ。

「これを私に見せたかったの？　ぱっと見、何も変わってないけど……」

「見た目だけはね。わたしが手を加えたの、あの水溜めだけなんだ」

そう言って指をさしたのは、灰汁の代わりに井戸水でいっぱいになった水溜め。その中には、ぷよぷよした半透明な魔物がクラゲみたいに漂っている。

ピュアスライム――それが、シルヴィアから借りた、このスライムの名前だ。

「あれ、スライムがいるね。どうしたの、これ」

「これで、洗濯が楽になるかもって思ったから。ちなみに、スライムって呼吸をしないから基本水中でも問題ないらしいよ？　試しに、これ洗ってみて」

わたしが差し出したのは、わざと土で汚したハンカチだ。もし汚れを落とそうと思えば、数十分はかかるであろう代物である。

「洗うって、このスライムがいる水溜《みずた》めで？　どうしてそんなこと――」

「いーからいーから。絶対びっくりするからさ」

にこにこと笑うわたしに対して、セシリアさんは怪訝《けげん》そうにハンカチを揉《も》み洗いして――その効果たるや、絶大だった。

黄土色に汚れていたハンカチが、みるみる内に綺麗《きれい》になっていくのだ。

「お、おおっ……おおおおおおっ!?」

セシリアさんは、まるで奇跡を目撃したかのように絶叫する。

「な、何これ、すごいっ！　面白いくらい汚れが落ちるんだけど！　しかも、灰汁《あく》ですらないただの水なのに！　も、もしかして、このスライムのおかげ……!?」

「これで、これからは今までよりずっと洗濯が楽になるよね。……村人のみんな、喜んでくれると嬉《うれ》しいんだけど」

ぴたり、とセシリアさんが手を止める。

「もしかして、私たちのためにこの洗濯場を……？」

「そんなに大げさなことじゃないけどね。みんなも洗濯するの大変だろうし、ちょっとは負担を軽くしてあげたかっただけだから。まあ、みんなが使ってる共同洗濯場を勝手にいじるのはどうかな、とも思ったんだけど――」

「何言ってるの！　アリカは村長なんだから、そんなこと気にしなくてもいいって！」

　突然セシリアさんは、がばっ！とわたしに抱きつく。

「ほんとにありがと～っ！　まだ小さいのにこんなに頑張ってくれるなんて、感激だよ！」

「感謝なら、わたしよりシルヴィアに言ってよ。あのスライム用意したの、シルヴィアだもん。わたしなんて大したことしてないよ」

「それでも十分凄《すご》いよ！　有難く使わせてもらうからね！」

　なでなでなでなでなでで、と猛烈に頭を撫《な》でるセシリアさん。ちょっと感情表現が激しすぎるような……でもまあ、喜んでくれて良かった。

　その後、わたしはセシリアさんと別れて、自宅へと戻る。

　リビングでは、荷物を運ぶカナンとシルヴィアがいた。今日からこの家にシルヴィアが暮らすから、二人は引っ越しの準備をしていたのだ。

　シルヴィアは、帰って来たわたしに気づくと、

「あっ、おかえり。ピュアスライムの効果はどうだった？」

「完璧だったよ。洗濯物、すごく綺麗になってたもん。……本当に良かった。まさか、

『浄化』のスキルがあるだけでここまで上手《うま》くいくなんて」

何故《なぜ》、あんなに洗濯物が綺麗《きれい》になったのか——それは、ピュアスライムが、『浄化』というスキルを持っていたからである。

家にあった本曰《いわ》く、『浄化』のスキルは穢《けが》れたものや悪《あ》しきものを清め払う力がある。

その記述を思い出したわたしは、『浄化』のスキルを持つスライムをシルヴィアに尋ねたのだ。流石《さすが》はスライムのプロフェッショナルというべきか、シルヴィアはピュアスライムを所有しており、共同洗濯場に配置してもらったのである。

カナンが、どこか感心したような表情で、

「しかし、『浄化』のスキルを持つ魔物を洗濯に利用しようとするなんて、アリカの発想には驚かされます。普通なら、誰も思いつきませんよ？」

「あはは……わたしの場合、前に暮らしてた場所でも似たような生活してたから。洗濯もお風呂も、魔物が浄化してくれた水を使ってたんだ。だから、似たような魔物がいれば代用出来るかもって」

「そんな日常を送ってたんですか……。なるほど、アリカにとって魔物を生活に利用するのは、むしろ常識だったたんですね」

「でも、そのおかげでピュアスライムが村の役に立ったんだよね。ありがと、アリカちゃん。あの子の飼い主として嬉《うれ》しいよ」

誇らしげにシルヴィアが胸を張り、たゆん、と揺れる二つの双丘。

「……ただ、あの子だけじゃ数が足りないと思うんだけどね」

「数が足りない……？　シルヴィア、それってどういうこと？」

「魔力的に、ピュアスライムが『浄化』を使うのも限度があるんだ。スライムって低レベルな魔物だから、少しスキルを使っただけで一日分の魔力を失っちゃうの。だから、あと数匹はいないとあの子を酷使させちゃうことになるんだ」

「えっ、そうなの？　それは困るな……。じゃあ、シルヴィアからもう何体かピュアスライムを借りるってことは――」

「それは無理なんだ。あの子は、私が飼ってる唯一のピュアスライムだから。……ピュアスライムって、この大陸だと絶滅を危惧されてる希少な魔物なんだよ」

そこで、シルヴィアは物憂げな表情で、

「ここ数年、ワーコボルトっていうコボルトから進化した魔物が生息域を拡大してるんだけど、この魔物は神聖な属性に惹《ひ》かれるって性質を持つの。たとえば、『浄化』のスキルとかね。……つまり、ピュアスライムの天敵なんだ」

「でしたら、シルヴィアが持つピュアスライムを繁殖させるのはどうでしょうか」

カナンの言葉に、シルヴィアは首を振る。

「スライムは分裂出来る回数に限りがある。あの子はもうとっくに限界を迎えてるの。

……私、仕事の都合で遠出したって言ったよね？　実はあれ、ピュアスライムを捕獲するために遠征をしてたんだ」

その成果は……シルヴィアの悲しげな顔が全てを物語ってるんだろうな。

「そうだったんだ。シルヴィア、大変だったね。……でも、それってわたしの『隷属』があれば、少しは力になれないかな？」

「えっ？　……あっ！」

シルヴィアは、はっ、と顔を上げると、

「そっか、確かにそうだね！　『隷属』って魔物に忠誠を誓わせる凄《すご》いスキルだもん！今まで見つからなかったピュアスライムの手がかりが掴《つか》めるかも！　ありがとう、アリカちゃんは私の天使だよ～っ！」

余程興奮してるのかシルヴィアはわたしに抱きつくと、すりすりすりすり、と熱烈に頬《ほお》ずりをする。あれ、数十分前にも似たようなことがあったような……。

「う、うん。じゃあ、早速明日にでもピュアスライムを探しに行こうか。良かったら、カナンにも手伝って欲しいな」

「えっ……私が、スライム探しをですか？」

「そうだけど、どうかしたの？　もしかして、明日は都合が悪いとか……？」

「い、いえ、そんなことはありません。私も出来る限り協力はします」

そう言うと、明日の準備のためかカナンは自室へと戻る。

シルヴィアはわたしから離れると、

「じゃあ、明日はみんなでピュアスライムの探索だね。……アリカちゃん、良かったら今夜は一緒のベッドで寝ない？　明日は朝早く起きなきゃいけないからね」

「むう。何かそれ、微妙に子ども扱いされてるような気が……けど、シルヴィアなら良いかな。きっと優しくしてくれると思うし」

そこで、わたしはふと気になったことを質問した。

「でも、シルヴィアって寝たらスライム状態に戻っちゃうんだよね？　確か、あんまり見られたくないって言ってたと思うけど」

「うん。だから、アリカちゃんだけ特別だよ？　……アリカちゃんなら、私の恥ずかしいところ全部見られても良いかなって思ってるから」

頬を染めながらも微笑《ほほえ》むシルヴィアのその表情は、まるで乙女のよう。

……もしわたしが健全な男の子なら、一発で恋に落ちてるんだろうなあ。


翌日の朝、わたしはカナンとシルヴィアと共に村を発《た》った。

わたしたちが向かうのは、『フラタの森』と呼ばれる、駆け出し冒険者の狩り場。その森がピュアスライムの生息地域らしい。

一時間ほど歩き、わたしたちは目的地である『フラタの森』に辿《たど》り着く。森の入り口にいるのは、腰に剣を携えた女性。多分、この世界で初めて見るわたしと同じ人間だ。

うーむ、ラフィール村で暮らしてるからか、獣耳も尻尾《しっぽ》もないのが妙に違和感あるな。

猫耳を隠すようにフードを被《かぶ》ったカナンがぽつりと、

「あの制服は、都市の軍隊の……？　恐らく、あの女性は兵士ですよ。『フラタの森』で何かあったのでしょうか？」

兵士……？　そう首を傾《かし》げたとき、女性がわたしたちに気づいた。

「あなたたち、この森に入るつもりなの？　だとしたら、悪いけど今は無理なの。引き返してもらえるかしら？」

「えっ……？　どうしてでしょうか？」

シルヴィアの疑問に、兵士のお姉さんは、

「ちょっと調査中だからね、立ち入り禁止になってるのよ。一週間前だったかな、駆け出しの冒険者が凶暴な魔物と遭遇したんだって。何でもとても巨大で、しかも獰猛《どうもう》で、この辺りにいるはずないくらい高レベルのモンスターらしいわよ？」

「え、ええっ!?　そ、そうなんですか……？」

困ったように頬《ほお》に手を当てるシルヴィアに、兵士さんは、

「まあ、結局それらしい魔物は見つからなかったんだけどね。ただ、ここって例のダンジ

ヨンが近いから。念には念を入れて、ね？」

「……『狂獣の眠る墓』、ですね」

ぽつりとカナンが口にした聞き慣れない言葉に、わたしは、

「『狂獣の眠る墓』……？　それが、この近くにあるダンジョンの名前なの？」

「ええ。この大陸において、トップクラスの難易度を誇るダンジョンです。……噂《うわさ》では、最奥部にはかつて魔王が従えていた魔物が眠っている、と言われています」

へえ、この世界って魔王なんていたんだ。まるでゲームの世界みたい。

「故に、その魔物の眠りを妨げないために、国王が最奥部を禁足地にしているんです。もっとも、魔王が君臨したのは五〇〇年も前なので真偽は定かではありませんが。……しかし、あの迷宮の魔物が外に出るなんて、今まで聞いたことありませんが」

「そうなのよ！　今までそんな前例なかったし、おかしいなとは思ってるんだけど。でも、警戒だけはしておけって上司に命令されてるの」

「そう、ですか。……みんな、ごめんね。ここまで付いて来てもらったのに、今日は無理みたい」

シルヴィア、笑顔なのにすごく辛《つら》そう。それも当然だ、昨日はピュアスライムが見つかるかもってあんなに喜んでたんだから。

……シルヴィアのためだ。やるしかない、か。

覚悟を決めた瞬間、わたしは今にも涙が流れそうな悲しい表情を作って、必死で嗚咽《おえつ》を零《こぼ》し始めた！

「……ぐすっ。ふえぇ……」

「えっ……ちょ、ちょっとちょっと！　あなた、泣くことないでしょ⁉」

「だって……だって、シルヴィアお姉ちゃん、すごく楽しみにしてたの。今日はお仕事頑張るから、みんなに美味《おい》しい物を食べさせてあげれるね、って……」

耐えろ、耐えろわたし……羞恥心なんて投げ捨てろ……。

この瞬間だけは自分を、真の幼女だと思い込むんだ……！

「も、もうっ！　分かったわよ！　……もう一週間も見回りしてて見つからないんだもの。多分危険はないから、見逃してあげるわ。だから泣かないで、ねっ？」

「ほ、ほんとに……？　ありがとお姉ちゃん、だいすきっ！」

ふう、何とか幼女を盾に凌《しの》げた……。

そう安堵《あんど》をしているときだ。カナンとシルヴィアが、わたしの頭を撫《な》でた。

見れば、二人はおろおろとしながら、わたしを見つめている。

「だ、大丈夫ですか？　あのアリカが、あんなに泣くなんて……」

「ご、ごめんね？　アリカちゃん、そんなにショックだったんだね」

カナンさん、シルヴィアさん。どうしてあなたたちまで騙《だま》されてるんですか。

愕然《がくぜん》とするわたしの横で、兵士のお姉さんは困ったように腕を組んで、

「でも、正体不明の魔物がいなくても、ここは駆け出し冒険者の狩り場なのよ？　あなたみたいな女の子が入るのはちょっとね……」

「それなら安心してください。私が彼女たちの用心棒をしますから」

カナンがフードを脱ぎ、可愛《かわい》らしい猫耳がぴょこんと現れる。

「えっ——って、ええっ⁉　そ、その猫耳、まさかあなた、『迷い猫』……⁉」

「ご存知《ぞんじ》なら話は早いですね。……それとも、女の子二人の護衛をするには私では力不足、でしょうか？」

「い、いえいえ！　どうぞお通りください！　……あのっ、私、カナンさんのファンなんです！　女の子なのにとても強くて、憧れてて！　だから、えっと、応援してます！」

「……ありがとうございます」

照れ隠しのように、ぷい、とそっぽを向く。カナンって有名な冒険者だし、もしかしてこういうの慣れてるのかな。

「きゃーっ！　やったやった、カナンさんに会えるなんて生きてて良かったっ！」

わたしたちが森に入ろうとすると、背後では兵士さんが小躍りをしていた。余程カナンのファンなんだろうな……あれ、ちょっと待てよ。

じゃあ、カナンが森に入りたいって直接お願いすれば、わたしが幼女の泣《な》き真似《まね》をする

じゃあ、わたしは何のためにあんな恥ずかしい思いを……？

必要もなかったのでは？

まるで、映画の世界に迷い込んだみたいだ。

それくらい、『フラタの森』は鮮やかな緑に溢《あふ》れていて、魔物が出るなんて嘘《うそ》なんじゃないかって思えるほど静かな場所だった。

「へえー、冒険者の狩り場っていうから警戒してたけど、すごく綺麗《きれい》な場所なんだね。……瘴気《しょうき》で穢《けが》れてるのかもって思ってたから、ちょっと拍子抜けしちゃった」

「……あの、アリカ、瘴気とはどういう……？」

疑問の声を零《こぼ》すカナンに、わたしは、

「だって、人を襲う魔物が棲《す》んでるんだよね？　だから、魔物が瘴気で凶暴化してるのかも、って思ってたんだけど」

「……忘れてました。アリカは見た目は幼女ですが、レベルは99の猛者でしたね。まさか、そんな場所で魔物と戦っていたとは」

「えっ、違うの？　わたしが暮らしてるところがそうだったから、てっきり冒険者ってみんなそんな環境で働いてるのかと……」

「そんな狩り場ばかりなら、冒険者なんて職業はとっくに廃れていますよ」

そ、そっか。じゃあ、普通は魔物喰《く》いの花とか毒の沼とかないのか……。

うぅむ、裏ダン生活が長かったせいでいまいちこの世界の基準が分からないな。

「そ、それよりほらっ。スライムを探さなきゃ」

「うん、そうだね。村のみんなのためだもん。アリカちゃん、頑張ってね」

けど、スライムなんてどう呼び出せば良いのだろう。

試しに、わたしは片手を上げて、ゆる～く呼び掛けてみる。

「るーるるるー。お～い、スライム君たち出ておいで～」

……けど、しーんと静まり返るばかりで何の変化もない。

もしかして、『隷属』のスキルでも駄目なのかな……そう、思ったときだった。

突然、森全体がざわめき始めた。

「えっ……な、何ですかこれは……!?」

カナンがびっくりするのも仕方ないと思う。

だって森の奥から、どどどどっ！ってスライムたちが突っ込んでくるんだもん。

それも、一〇とか二〇じゃない。確実に一〇〇は越える大軍だった。

「うわー、すごい数。『隷属』ってこんなこともむぎゅっ」

言い終える前に、色とりどりのスライムに圧《お》し潰されるわたし。もしかしてじゃれてるだけかもしれないけど、愛が重すぎる……。

「あ、アリカちゃん大丈夫？」

シルヴィアはわたしからスライムを降ろすと、まるで会話をするように、

「うん、安心して。ちょっと友達になりたいスライムがいて、この森に来ただけだから」

「けほっ……。シルヴィアって、スライムの気持ちが分かるの？」

「何となく、だけどね。スライムには知能がないから、言葉でコミュニケーションを取ることは出来ないんだ。嬉《うれ》しいとかお腹空《なかす》いたとか、分かるのはそれくらいかな？」

それだけでも十分凄《すご》い。やっぱり、シルヴィアはスライム界のエリートなんだろうな。

「でも、残念だけどこの中にピュアスライムはいないみたいだね」

「うん、分かった。じゃあもっと森の奥まで――」

そこで、はたと気づく。

どうしてか、カナンが野良猫のように、木の上からこちらを見下ろしていたのだ。

「……私のことは気にしないでください。猫なので、基本高い所が好きなんです」

そんなの初めて聞きましたけど。

っていうか、なんか怯《おび》えてるように見えるけど……もしかして。

「ねえ、まさかとは思うけど、カナンって……スライムが怖いの？」

「……っ！　そ、そんなはずないじゃないですか！　私は冒険者ですよ⁉　むしろスライムの方が怯えて逃げるくらい――」

「ちなみに、すぐそこにスライムいるから気を付けた方が良いよ？」

「え──ふあっ」

傍《そば》にいたスライムに驚いたのかな。わたしは落っこちたカナンを受け止めると、

「ねえ、隠さないで教えてよ。やっぱり、スライム苦手なんでしょ？」

「……笑わないって、約束してくれますか？」

カナンはわたしから降りると、恥ずかしそうに俯《うつむ》く。

「まだわたしが小さい頃、スライムにいじめられたことがあるんです。それ以来あのぷるぷるの悪魔が、見るだけで悲鳴が出そうなほど怖くて。昨日スライムの探索をお願いされた時は耐えようと決めたのですが、やはり無理でした……」

まさかの衝撃の告白、だった。凄腕《すごうで》冒険者のカナンがスライムが苦手だなんて、さっきの兵士さんが聞いたらショックで気絶しちゃうかもしれない。

……ん？　でも、スライムが苦手ってことは──。

「……そ、そっか。カナンちゃんって、スライムが駄目なんだね……」

その声にわたしとカナンは振り返り……しまった、と反射的に後悔をした。

そこにいるのは、言葉じゃ表せないくらい複雑な表情をしたシルヴィア、だ。

「わたしはカナンちゃんのこと、友達だって思ってたのになあ……ご、ごめんね？」

一番聞かれてはいけない人がすぐ傍にいた──っ！

「ち、違いますっ！　決してシルヴィアのことを言ってるわけではありませんから！　それに、シルヴィアと暮らせばスライムを好きになれるかもしれませんし！　で、ですから、そんな悲しそうな顔をしないでください……！」

「そっか……うん、決めた！」

シルヴィアは、何かを決意したように頷《うなず》いて……そして。

何を思ったのか。いきなり、カナンの身体《からだ》をぎゅっと抱きしめたのだった。

……えっと、なにこれ？

「……あ、あの、シルヴィア。どうして、いきなり抱擁を……？」

「カナンちゃんには、スライムのこと平気になって欲しいから。だから、まずはスライムの私から好きになって欲しいなって。……どうかな？」

「……分かりません。何しろ、何も考えれないくらい恥ずかしいので……」

林檎《りんご》みたいに顔を赤くするカナンを、それでもシルヴィアは熱く抱擁するのだった。


その後、わたしたちは午前中ずっとピュアスライムを探していたんだけど……結果から言えば、収穫はなし、だった。

あちこち移動しながら『隷属』で召集して、この森のスライム全てを呼んだんじゃないかってくらい探したけど、一向に見つかる気配はない。

つまり、この森にピュアスライムはいないっぽい。

「……ごめんね。わたしだと、力になれなかったみたい」

「ううん、気にしないで。すごく珍しいスライムだもん、アリカちゃんのせいじゃないよ？　それにまだ午後があるもん。アリカちゃんさえ良ければ、手伝うよ？」

……きっと、わたしを励まそうとしてくれてるんだろうな。

その後、午後の探索に備えてわたしたちは休憩をすることにした。この時のために、シルヴィアは弁当を用意してくれていた……のだけど。

「これが今日のランチですか？　……野外での食事なのに、とても豪華なんですね」

目の前の光景にカナンは驚いているけど、それはわたしも同じだ。

というのも、シルヴィアとスライムたちが大活躍したおかげで、立派なランチになっていたからだ。

たとえば、ティーカップに入った紅茶があるけど、これはシルヴィアが持ってきた茶葉をレッドスライムで温めた水で淹《い》れたものだ。さらに、地面にはビッグサイズのスライムがいて、クッション代わりになってくれるらしい。

まるで、スライムをコンセプトにしたカフェテラスみたいだった。

「これ、すごいね……。まさか、スライムにこんな使い方があるなんて」

「せっかくみんなで食事するんだもん、美味《おい》しく食べたいなって思ったから。……ちょっと張り切りすぎちゃったかもしれないけどね」

「ううん、ありがとう！　じゃあ、失礼して……」

スライムに座ると、びっくりするくらいおしりにフィットして気持ち良い。まるでビーズクッションみたい……なのに、カナンはスライムを横目に、地面の上に座っていた。

「カナンは座らないの？　ぷるぷるしてて気持ち良いのに」

「いえ、お構いなく。食事は地面に座って食べる、というのがマイブームなので」

そんなにスライムが駄目なんだ……。

ふと、わたしはサンドイッチを美味《おい》しそうに頬張《ほおば》るシルヴィアに、

「そういえば、シルヴィアってスライムなのに食事をしたりするんだね」

「本当は必要ないんだけど、美味しい料理は好きだから。お腹《なか》が空《す》いたりすることもないから、ついつい食べ過ぎちゃうこともあるんだよね」

「それなのに、シルヴィアはそんな美しい体形を維持してるんですか。なるほど、きっと大変な努力をしてるんですね」

「……？　ううん、そんなことないよ？　だって私、スライムだもん。どれだけ食べても、身長とか体重とか一切変わらないよ？」

「……私は今、生まれて初めてスライムを羨ましいと思いましたよ」

悔しそうに紅茶を飲むカナンに、シルヴィアはただぽかんとするばかり。

……何か、こういうのって良いな。

綺麗《きれい》な自然の中で誰かとランチを一緒にすることが、こんなに心が安らぐなんて。裏ダンジョンは嫌いじゃないけど、こんな風に食事をするなんて無理だろう。

……これでスライムを捕まえていたら、何も言うことはなかったのに。

そう食事の手を止めているときだ。シルヴィアが、わたしの目の前に屈《かが》みこんで、

「アリカちゃん、ぼーっとしてる。……スライムのこと、気にしてるの？」

「えっ……そ、そんな風に見えた？」

「ちょっとだけ、だけどね。アリカちゃん、村のみんなのためにピュアスライムを探してるんだもん。村長として責任とか感じてるのかな、って。……休憩が終わったら、また探してみよっか。もしかして、見落としてるかもしれないもんね」

シルヴィア、わたしのこと気にかけてくれてたんだ。

その優しさに、思わずじーんとして……それは、あまりに突然だった。

果たして、シルヴィアは何を思ったのか。わたしを持ち上げると、ぽふん、と膝の上に乗せたのだ。まるで、子どもを可愛《かわい》がるように。

「え……えっ？」

「だから、この後も頑張れるように今はお仕事のことは忘れて欲しいな？　アリカちゃん、どのサンドイッチが食べたいかな？」

「さ、サンドイッチ……？　じゃあ、卵で……」

「うん！　はい、どうぞ。あーん、して？」

「……あ、あーん」

為《な》されるがままに、わたしは差し出された卵のサンドを食べる。すると、まるで良く出来ましたと言わんばかりに、シルヴィアは微笑《ほほえ》みながらわたしの頭を撫《な》でるのだった。

……いや、ちょっと待ってください。

もしかしてわたしは今、相当な辱めを受けているのでは……？

「あ、あの、シルヴィア？　これはちょっと、愛情表現が過剰かと……」

「えっ？　……あっ！　ご、ごめん。つい、アリカちゃんが可愛《かわい》かったから」

けれど言葉に反して、シルヴィアはわたしを降ろそうとはしない。まあ、背中に当たる「この辺」と「この辺」の柔らかい感触とか気持ち良いし、嫌ではないのだけど。

シルヴィアは、困ったように笑いながら、

「私にも不思議なんだけど、アリカちゃんを見てると、こう……可愛がってあげたい！って気持ちになっちゃうんだよね。他の子どものみんなには、こんなことしないのに」

「わたしだけ？　もしかしてそれって――」

「うん、私もちょっと思ってたんだけど……『隷属』のスキル、のせいかも」

なるほど。シルヴィアも魔物だし、ちょっとは影響があるんだろうな。

「何かね、胸の奥がぽかぽかして、尽くしてあげたいって思うんだ。他の魔物もこんな気持ちだったのかな……。だから、もうちょっとこのままでいさせて欲しいな、なんて」

……まあ、いっか。シルヴィアのお願いだもん。

恥ずかしさはもちろんあるけど、すごく心地良いしね。シルヴィアの身体《からだ》ってすごく柔らかいし、もう少しだけ甘えちゃおうかな。

「――羨ましい、です」

「えっ？　カナン、何か言った？　っていうか、羨ましい……？」

「いえ、何も？　風の音の聞き間違いじゃないですか？　それより、結局正体不明の魔物なんていませんね。目撃者が狩り場を独占するために嘘《うそ》をついたんでしょうか？」

平然と紅茶を飲んでるけど、今の絶対カナンだよね？　あからさまに話題を変えようとしてるし……。カナンって、意外と寂《さみ》しがり屋なのかな。

そう思っていると、頭の上からシルヴィアの驚いたような声。

「えっ……そ、そうなの？」

「……？　どうしたの？　まるで誰かと会話してるみたいだけど」

「えっとね、私が座ってるスライムが言ったんだけど……少し前に、すごく怖いことがあったみたいなんだ。それも、森中の魔物が逃げ出すくらい恐ろしいことが」

しん、と静寂が降りた。

ということは、例の魔物は確かにいるってこと……？　そう首を傾《かし》げた直後だった。

突然、遠くの茂みががさがさと動いた。

「えっ……も、もしかして魔物……？」

シルヴィアが呟《つぶや》くと、茂みから何かが飛び出して、わたしたちとは反対方向へと駆けていった。遠くてよく見えないけど魔物ではないみたい……っていうか、その正体はもっと意外なものだった。

だってそれは――わたしと同じくらいの子どもの女の子、だったから。

どうしてこんなところにいるんだろ。だって、兵士さんが見回りしてるはずなのに。

……いやそれより、こんな魔物が出る森に女の子一人って、絶対に危ない。

追いかけなくちゃ――そう考えたときには、既にわたしは地面を蹴っていた。

「あっ、待ってくださいアリカ！　行くなら私たちも――って、子どもとは思えない脚力ですね⁉」

気が付けば、二人の姿が小さく見えるほど遠くまで来てしまった。戻った方が良いかな……ううん、今は女の子を探す方が先決だ。

木と木の間を飛び移りながら、あちこちを探して――いた。さっきの女の子だ。

やっぱり、わたしたちから逃げたのかな。今は木陰で休憩中みたい。

わたしは木の枝から飛び降り、淑女のたしなみとしてスカートを押さえて着地する。

「やっほー。どうしたの？　こんなところに一人でいると、危ないよ？」

「…………………」

女の子は、目をぱちくりさせてわたしを見つめるばかり。そりゃそうだ。空から幼女が降ってくる確率なんて、異世界の天気予報でも0パーセントだろう。

けど……なんか、不思議な女の子だな。

やっぱり、わたしと同じ幼女だった。紫色の瞳なんかアメジストみたいに綺麗《きれい》で、神秘的な雰囲気を纏《まと》ってる。でもどうしてか、着てる服は布切れみたいにぼろぼろだ。

あと、女の子はわたしがつい持ってきていたサンドイッチを、じっと見ていた。

「もしかして、お腹《なか》が減ってるの？　……はい。もし良かったら、食べて」

女の子は、夢中になったようにサンドイッチを見つめ……そのまま、かぷり、と食べた。

わたしの指ごと、豪快に。

「…………………」

そ、そんなにお腹空《す》いてたのかな。わたしの指に構わずもぐもぐと食べてるけど……。

しかも綺麗に食べようとしてるのかな、わたしの指まで舐《な》めてる。

やがて、女の子はサンドイッチを完食すると、

「……幸せ」

「そう？　まあ、美味《おい》しいならそれで良いかな。……わたし、アリカっていうんだ。あな

たはなんていうの？」

「……ニア、だよ？」

「ニアちゃん、か。ねえ、サンドイッチならたくさんあるんだけど、一緒に食べない？

ニアちゃんのこともっと知りたいし、ね」

「お腹《なか》いっぱい食べていいの？　……えっと、神様？」

そっかー、ご飯に誘うだけで神になっちゃうかー。

けれど、ニアちゃんは目を輝かせていたかと思えば、急にしゅんとなって、

「……ううん、いい。さっきの人たちがいるなら、ここにいる」

「それって、カナンとシルヴィアのこと？　……そっか、ニアちゃんって恥ずかしがり屋さんなんだね。じゃあ、もうちょっとだけお喋《しゃべ》りしよっか」

「……アリカは、ニアのこと怖くないの？」

「……？　どうして？　ニアちゃんって小さな女の子なんだもん。怖がったりしないよ？」

「……ニアが、女の子？」

「うん。それも、とっても可愛《かわい》い女の子、だと思うよ？」

「…………そっか」

どうしたんだろ。ニアちゃん、ぼーっとしてるけど。

って思ったら、突然わたしを見つめて、

「アリカは、どうしてここにいるの？　この森は魔物がいっぱいで危ないよ？　早く、お家《うち》に帰った方が良いと思う」

「あはは、心配してくれるんだ？　でもわたしたち、この森で魔物を探してるんだ。ピュアスライム、っていう半透明のスライム」

「それって、汚れた場所とかぴかぴかにしてくれるスライムのこと？」

「そうそう。でも、どれだけ探しても全然見つから――えっ」

それって……まさか！

「ね、ねえ！　ニアちゃん、もしかしてピュアスライム知ってるの⁉」

「その子、ニアのお友達だから。……アリカ、会いたいの？」

すると、ニアちゃんはわたしの手を取って、

「良いよ、アリカにだけ特別に会わせてあげる。魔物に見つかっちゃうかもしれないから、手を離しちゃ駄目だよ？　……こっち来て？」

「えっ……う、うん」

もしかして、本当にピュアスライムに会えるのかな。

でも、まさか幼女から、手を離しちゃ駄目だよ？って言われるなんて……本当は、わたしがニアちゃんに言うべき言葉なのになあ。

「ここが、ニアの家。ピュアスライムなら、ここにいるよ？」

「……こ、これがニアちゃんのお家……？」

いくら裏ダン生活が長いわたしでも、これはおかしいってことは流石《さすが》に分かる。

だってこれ、どう見てもただの洞穴、だったから。

中に入ると、毛布が一枚あるだけの部屋とも呼べない空間。床はごつごつしてるし、それこそ魔物が棲《す》んでそうな場所だった。

「ニアちゃんって、この洞穴で暮らしてるの……？」

「うん。すごく良いところだよ？　誰も来なくて雨とか風を凌《しの》げるからとっても便利。アリカにもおすすめ」

こんな場所が快適って、今までどんな生活を……？

そう首を傾《かし》げていると、ニアちゃんはわたしの前に何かを差し出した。

「ようこそおいでくださいました。つまらないものですが、どうぞ」

「あっ、ご丁寧にどうも。ニアちゃんってお行儀が良いんだね」

「そう、かな。……そう言われたの、初めて」

わたしはにこにこしながら受け取り……笑顔のまま、首を傾げた。

ニアちゃんから差し出されたもの。それは——葉っぱの上にちょこんと置かれた、木の実。

……わたし、何かを試されてるの？　それとも、おままごと的な遊び？

「これ、ニアがいつも食べてるご飯。アリカはお客様だから、いつもより一つ多いんだよ？」

「うわあ、そうなんだね！　ありがと、ニアちゃんっ！」

ガチだった……。そりゃ夢中でサンドイッチ食べるはずだよ、普段からこんな食事してるんだもん……。

ちなみに、食べてみると甘くて結構美味《おい》しい。まあ裏ダンではもっとひどいもの食べてたから、わたしの味覚がおかしいだけかもしれないけど。

ぽりぽりと木の実を食べてると、ニアちゃんが毛布に向かって、

「キラリ、出ておいで。ニアのお客様だから、ご挨拶しよ？」

毛布がもぞもぞと動き、ぴょんっと一匹のスライムが現れる。

見間違えるはずもない。わたしたちが探し求めていた、ピュアスライムだ。

「わっ、本当にいたんだ！　この森にはいないのかなって諦めてたのに。……こんな珍しいスライムと暮らしてるなんて、すごいね」

「ニアが、この子のこと守ってあげてるの。キラリって、いつも魔物にいじめられちゃうから。だから、ニアのお家《うち》から出ちゃ駄目だよ、って約束してる」

そっか、だからわたしの『隷属』にも反応しなかったんだ。知らないわたしの呼びかけより、飼い主のニアちゃんの言いつけを守るなんて、キラリって良い子だな。

「アリカ、この子のこと探してたんだよね？　……良かったね、キラリ。今日からアリカ

が、新しい飼い主さんだよ？」

「えっ、良いの？　だって、ニアちゃんの友達なんでしょ？」

「この森にいると、キラリは魔物に襲われちゃうから。もっと安全な場所で暮らした方が良いと思う。それに、アリカならきっとキラリのこと可愛《かわい》がってくれるよね？　……アリカは、ニアのこと怖がらなかったから」

……やっぱり、ニアちゃんって不思議な女の子だ。

だって怖がる理由も分かんないし、この森に住んでるのも絶対おかしい。

「ねえ、どうしてここで暮らしてるの？　ニアちゃんくらいの女の子なら、お父さんやお母さんと一緒に街で暮らすのが普通だと思うけど」

「おとーさんとおかーさんは何処《どこ》かに行っちゃったから、今はいないよ？　……それに、ニアは街にいたら駄目なの。みんながニアのこと、嫌いになるから」

「……嫌いって、どういうこと？」

「ここから出て行けって、みんながニアに石を投げるの」

「い、石って、そんなに酷《ひど》いことをされるの!?」

「うん。だからね、ニアも思いっきり石を投げて逃げたの。結構良い勝負だったよ？」

ちゃっかりやり返してた……。意外と打たれ強いな、ニアちゃん。

「でも、どうしてそんなことされるの？　わたしには、ニアちゃんが悪い女の子には見えないのに」

「分からない。みんな、ニアを見ただけで嫌いになっちゃうから。……だから、ニアに石を投げない女の子は、アリカが初めて。アリカって変わってるね」

「変わってる、か。……うん、それでも良いかな。ニアちゃんにひどいことをするくらいなら、それでもいいよ」

　思えば、わたしもニアちゃんみたいな暮らしをしてたんだよね。魔物がわんさかいる裏ダンで、サバイバル生活してたっけ……でも一つだけ、ニアちゃんと違うところがある。

　それは、わたしにはお父さんがいたってこと。

　それだけで、たとえ裏ダンでも、わたしにとっては幸せな日々だった。

「事情は分からないけど、まだ小さい女の子なのに大変だったんだね」

　フード越しに、ニアちゃんの頭をなでなでする。ヘアアクセサリーを付けてるのか、頭を撫《な》でていると時々堅い感触がした。

「……？　これ、なに？　何かの儀式？」

「なでなでされるの、初めてなんだね。……今まで頑張ったね、ってニアちゃんを褒《ほ》めてるんだよ？　好きな人には、こうしてなでなでしてあげるの」

「そうなの？　よく分かんないけど……なんかね、気持ち良い」

「そっか。じゃあ、今までしてもらえなかった分、たくさんしてあげるからね」

頭を撫でるとニアちゃんは、くー、と心地良さそうに目を閉じた。ニアちゃん、まるで子猫みたい。何か、シルヴィアがわたしを可愛《かわい》がりたい理由も分かるな。

……よしっ、決めた。

「ねえ、ニアちゃん。……良かったら、わたしの村で一緒に暮らさない？」

「……一緒に、暮らす？」

ニアちゃんはぱっちりと目を見開き、しかし首を横に振る。

「それは無理。ニアがいたら、アリカまで嫌われちゃう」

「そんなことないよ？　わたしの村にいる人、みんな優しいもん。わたしだって最近住み始めたんだけど、可愛がってくれるもん。きっと、ニアちゃんだって同じだよ？　……それとも、嫌われちゃう理由があるの？」

すると、ニアちゃんは上目遣いになりながら、小首を傾《かし》げた。

「……それより、もっとなでなで、して？」

あーもうっ、ニアちゃんってば可愛いなあ！

でも、これ完全に誤魔化《ごまか》されてるよね……。うーん、わたしに話せないことなのかな。

「ありがと、アリカ。とっても気持ち良かった。……そろそろ、お家《うち》に帰ろう？　この森にいたら、魔物に襲われちゃうよ？」

「でも、それはニアちゃんだって同じでしょ？　最近だって、『フラタの森』に強い魔物が出没したみたいだし、ニアちゃんのこと放っておけないよ」

「そうなの？　……だから、兵士さんがいたんだ」

あれ？　ニアちゃん、この森で暮らしてるのに知らないんだ。もしかして、凶暴な魔物が現れてから住み始めたのかな。

「だから、わたしの村で暮らそうよ。ねっ？」

「…………。早くしないと、魔物が来ちゃう。アリカ、行こ？」

「あっ、ニアちゃんってば」

ニアちゃんはキラリを抱きかかえると、話を遮るように洞穴を出た。慌ててわたしも追いかけて……その光景に、ぽかんとした。

うん、なるほど。そういえばシルヴィアは、ピュアスライムはワーコボルトっていう魔物を引き寄せるって話してたけど、本当みたい。

だって――こんなにたくさんのワーコボルトが集まっちゃうんだもん。

「ウゥゥ……」

数は全部で五体くらい。犬の頭を持つ小柄な人型の魔物たちは、理性など欠片《かけら》もない瞳で二アちゃんが抱くキラリを睨《にら》みつけていた。

……けど、相手が魔物なら話は早い。

「みんな、キラリに誘われてここに来ちゃったの？　……お願いだから、このまま立ち去ってくれる？　わたしたち、友達のとこに戻りたいだけだから」

その一声に、魔物たちは素直に道を譲る……はずなのだ。『隷属』のスキルは、野良の魔物にも効果があるのだから。

でも、今回は違う——ワーコボルトたちは、唸《うな》り声をあげるのみ。

「……えっ、ええ？」

ど、どうしてだろ。全然言うことに従ってくれない。

あまりのことに動揺が隠しきれなくて……そんなとき、だ。

「アリカ、振り返らずに逃げて。キラリならいつか絶対会わせてあげるから。……ニアとお話ししてくれてありがと。すごく、楽しかった」

「えっ——」

振り返ったとき、ニアちゃんはずっと遠くまで離れていた。

その背中を追うように、ワーコボルトたちが地を蹴った。

「あっ、お、お座りっ！　お座りお座りお座りっ！」

けど、わたしの声は虚《むな》しく消えていくだけ。魔物の狙いはキラリだから、誰もわたしのことなんて見向きもしない。

つまり——ニアちゃんは、わたしを庇《かば》ってくれたんだ。

出会ったばかりのわたしを、逃がしてくれるために。

「……もうっ！　まだ子どもなのに、無茶《むちゃ》したら駄目なんだから！」

もちろん、わたしがするべきことはたった一つ。

ニアちゃんを守る。それだけだ。


ニアちゃんを追っていると、状況はさらに悪くなっていた。

明らかに数が増えてる。今では一〇体、二〇体というワーコボルトたちが森の中を駆けている。その光景はまるで、ワーコボルトの大軍のよう。

「み、みんな、今すぐ止まって！　ニアちゃんとキラリを傷つけたら駄目だよ!?」

でも、魔物たちはニアちゃんの追跡を止《や》める気配はない。

もしかして、今のワーコボルトたちはピュアスライムのせいで魅了状態になってるのかも。そういえばドラゴの時だって、猛《たけ》ってるときはわたしを見ても無反応だったし……わたしの言葉が届かないと、『隷属』は効果がないってこと？

「そ、そんなことより、ニアちゃんを見つけないと……っ！」

全速力で木から木に飛び移って……やっと、その姿を捉えた。

キラリを抱えて走るニアちゃんと——頭上から飛び掛かる、ワーコボルト。

「しまった……！」

わたしは魔法を唱えて撃退しようとする……んだけど、一瞬だけ思考が乱れる。

魔法を詠唱する、ニアちゃんの声が聞こえたから。

「凍えしものよ、敵を穿《うが》ちたまえ――『氷の一矢《アイスボルト》』」

ニアちゃんが掲げた手に氷柱《つらら》が生まれ、弾丸のように放たれる。直撃を受けたワーコボルトはそのまま大地へと落下し、慌てたように逃げていった。

「えっ……？」

それはもう、びっくりしたなんてものじゃない。

だって、まさか――ニアちゃんが魔法を使える、なんて。

それも、『氷魔法』だけじゃない。ニアちゃんが歌うように詠唱をする度に、風の刃《やいば》が魔物を切り裂き、土の壁は進路を塞ぐ。

そして、ニアちゃんは振り返り詠唱を始め……そのまま、きょとんとした。

わたしと、ばっちり目が合ったから。

「……アリカ？」

その瞬間、ニアちゃんはあまりに無防備だった。

ワーコボルトたちが好機とばかりに、野獣のような獰猛《どうもう》さをもってニアちゃんに襲いかかる。ニアちゃんは、まだ小さな女の子なのに。

そう思った瞬間だ……かっちーん、と。

そんな音がわたしの頭の中で、はっきりと聞こえた。

「くっ……」

ニアちゃんは、キラリを守ろうと背中を丸めて……それと同時に。

数十体というワーコボルトたちが一斉に、大絶叫をするのだった。

『アオオオオオオオオオォォォンっ!?』

「……えっ？」

ばたばたとのたうち回るワーコボルトたちに、ニアちゃんはぽかんとするばかり。その足元にあるのは、わたしが作った魔法陣――ニアちゃんを除いた全体に、一時的に呪いの状態異常を付与させる『闇魔法』だ。

魔法陣を解除し、ぐったりとしたワーコボルトたちに、わたしはぽつりと言った。

「……ねえ。みんな、何してるのかなあ？」

その瞬間、びくりっ！と魔物たちが振り向く。

みんなが見つめるのは、精一杯の笑顔を浮かべた幼女……つまり、わたし。

すると、魔物たちはさっきの威勢が嘘《うそ》のように、がくがくと震え出した。わたしが怖すぎるのか、中には気絶しちゃってる魔物までいた。

……まあ、やっぱりみんなも分かってるんだろうな。

笑ってはいるけど――わたしが、激怒しているということに。

「さっきからずっと、止《や》めて、って言ってるよね？　ニアちゃんはまだ小さな女の子なんだよ？　みんなが乱暴したらどうなるかなんて、言わなくたって分かるよね？　……魔物だろうと、女の子には優しくするべきだと思うけどなあ」

がくがくがくがくがくがくがくがくがくがくっ！

バイブレーション機能でも搭載してるのか、って思うくらいワーコボルトたちが震える。

みんなは揃《そろ》いも揃って絶望一色っていう顔をしていた。

「もちろん、みんなが生きるために戦ってる、っていうのは分かってるよ？　でも、約束して欲しいの。これからは女の子と、それにピュアスライムを襲わないって。もし破ったら……また、おしおきするからね？」

『…………………………』

「返事っ！」

『――――――――――ッッッ！！！』

その途端、天にも届くくらいの大合唱が、『フラタの森』に響き渡った。

……けど、数十匹もいるワーコボルトが幼女一人に屈服するって、客観的に見たら異様な光景なんだろうなあ。

「よし、良い子たちだね。じゃあ、解散っ。みんな、また会おうね」

ワーコボルトたちは一礼すると、蜘蛛《くも》の子を散らしたように帰っていく。

残ったのは、ぺたんと地面に座った、ニアちゃんだけ。

「ニアちゃん、大丈夫？　……わたしのこと、魔物から逃がしてくれようとしたんだよね。小さいのに無理するんだから」

「……どうして、アリカがここにいるの？」

まるで夢でも見ているかのような、ニアちゃんの表情。

「ニアのこと、無視すればよかったのに。魔物、たくさんいたよ？　あの子たちに襲われたら、すごくすごく痛いんだよ？　……どうして？」

「そうだなー。……わたしの方がお姉ちゃん、だからかな」

「……おねーちゃん？」

「お姉ちゃんってね、小さな子どもには笑顔でいて欲しいんだよ？　ニアちゃんを褒《ほ》めてあげたいし、可愛《かわい》がりたいし、守ってあげたいの。だから、ニアちゃんのこと放っておくなんて出来ないよ。たとえ魔物がたくさんいても、ね」

わたしはもう一度、ニアちゃんの頭を撫《な》でる。

「どう、かな。……ちょっとは、お姉ちゃんらしかったかな？」

まるで時間が止まったみたいだった。

仄《ほの》かに頬《ほお》を染めて、潤んだ瞳でわたしを見つめるニアちゃん。その表情はあまりにいたいけで——ぽふん、と音がした。

ニアちゃんが、わたしに抱きついた音、だった。

「……アリカおねーちゃん、だいすき」

「ふえっ⁉　に、ニアちゃん……？」

だ、大好きって、そんなのはっきり口にする女の子だったっけ……？

でも、結構嬉《うれ》しいかも。村だと子ども扱いされてばっかりで、お姉ちゃんなんて言われるの生まれて初めてだし……。

「――アリカちゃん、大丈夫っ⁉」

「ふわあっ⁉」

驚きながら振り返ると、遠くに見えたのはカナンとシルヴィアだった。

二人は息を切らせながら、わたしに駆け寄ると、

「アリカ、無事でしたか？　……魔物の遠吠《とおぼ》えの方に進んで正解でしたね。あなたが見つかって、ほっとしました」

「もうっ、すごく不安だったんだよ？　アリカちゃん、全然帰ってこないんだもん。迷子になったのかなって、カナンちゃんとずっと探してたんだから」

「あはは……ごめんね」

「しかし、魔物に襲われたのかと思いましたが……良かった、魔物たちは無事なんですね。アリカが優しい女の子で良かったです。あなたが本気を出すと、この森の生態系を壊しかねませんから」

…………。色々言いたいことはあるけど無事再会出来て良かったかな、うん。

「この人たち、アリカおねーちゃんと一緒にいた人。……キラリを探してたんだよね」

ニアちゃんは一瞬だけ躊躇《ためら》う様子を見せると、二人へと駆け寄りキラリを差し出す。

「この子、あげる。大切に育ててね」

「えっ、ピュアスライム!? あげるって……いいの？」

「うん。約束したから。……でも」

驚くシルヴィアに、ニアちゃんは無表情のまま言葉を続ける。

「その代わり、アリカおねーちゃんをニアにください」

「ニアちゃん、そんな無茶苦茶《むちゃくちゃ》なお願いしたら駄目だよ!?」

カナンもシルヴィアも、ニアちゃんにきょとんとするばかり。

やがて、ゆっくりとカナンが口を開いた。

「……アリカ。その女の子は――」

「えっと、ニアちゃんって言うんだ。そうだな、どこから話したらいいのか――」

「魔族、ではありませんか？」

……………………。

はい？

「あ、あのー、まさかとは思うけど……魔族って、ニアちゃんが？」

「え、ええ。私も驚いていますが、間違いありません。紫の瞳は魔族しか持ち得ないものですから。まさか、こんな場所で会うなんて……」

し、知らなかった……。この世界だと、紫色の瞳にそんな意味があったとは。

やがて、ニアちゃんは諦めたようにフードを外す。現れたのは、銀髪の頭にちょこんと生えた、普通の人間ならばあるはずのない可愛《かわい》らしい二本角。

そういえば、頭を撫《な》でたとき堅い感触があったけど、まさか角だったなんて。

「……アリカおねーちゃんの友達も、ニアに石投げる？」

「石って……魔族だから、ってことだったの⁉」

「そ、そっか、アリカちゃんは知らないんだね。……魔族って、人間からは忌むべき種族だって言われてるの。生まれつき魔術の素養が高くて、知性もあるだけに、過去に何度も人間と戦争を起こしてきたんだって。この世界で最も魔物に近い種族——それが魔族、みたいだよ？」

……なんか、今までの疑問が一瞬で解けた気がする。ニアちゃんが人里に住めないのも、魔法を使えるのも。それは全部、魔族、だったからなんだ。

……えっ。じゃあ、もしかして——！

「ね、ねえニアちゃん！　最近、魔物が逃げ出すくらい派手な魔法を使ったこととかあるかな？　たとえば、冒険者にばったり会っちゃった、とか！」

「それって、男の人に追われてるキラリをニアが助けてあげた時のこと？　アリカおねーちゃん、すごいね。ニアのこと何でも知ってるんだ」

「う、うん。ありがと。えっと、それっていつ頃だったか分かるかな……？」

「んー……お月様が真ん丸な夜、だったかも」

「あ、アリカちゃん。満月の夜って確か——一週間前、じゃなかった？」

シルヴィアの一言に、わたしとカナンは呆気《あっけ》に取られた。きっと、ニアちゃん以外のみんなが、同じことを思い出してるんだろう。

それは……兵士さんが言った、あの言葉。

——一週間前だったかな、駆け出しの冒険者が凶暴な魔物と遭遇したんだって。

——何でもとても巨大で、しかも獰猛《どうもう》で、この辺りにいるはずないくらい高レベルのモンスターらしいわよ？

——まあ、結局それらしい魔物は見つからなかったんだけどね。

ばっ！と。わたしたちは一斉に、きょとんとするニアちゃんを見つめる。

間違いない。正体不明の魔物って——ニアちゃん、だったんだ。

「……えっと、ニアちゃんのどこが巨大？　どの辺りが獰猛なの？」

「……恐らくですが、気が動転した駆け出しの冒険者が勘違いをしたのではないでしょうか」

カナンが呆《あき》れたような表情で、

「夜であれば、その冒険者は相手が魔族どころか小さい子どもであることにも気づけなかったはず。加えて、この森の近くには高難易度ダンジョンである『狂獣の眠る墓』があります。……だから、あまりの恐ろしさに凶暴な魔物に襲われたと錯覚したのでは」

そ、そんな人騒がせな……！

言葉を失っていると、ニアちゃんがわたしの服を、くい、と引っ張って、

「ニア、悪いことしちゃった？　……いけない子？」

「……ううん、そんなことないよ。傷つけるつもりはなかったんだよね？　キラリを助けてあげるためだもん、むしろ良いことだと思うよ」

「そうなの？　じゃあ、アリカおねーちゃんに褒《ほ》めて欲しいから、もっと魔法使うね？」

「そういうことじゃないかなあ。あんまり魔法は使っちゃ駄目だよ？　平和が一番だもん」

「平和が一番……？　そう、だよね」

ニアちゃんはわたしの服から手を離すと、寂《さみ》しそうに俯《うつむ》いた。

こんな悲しそうなニアちゃんを見るの、初めてだ。

「ありがと、アリカおねーちゃん。また絶対遊びに来てね。……ニアは、この森でいつま

でも待ってるから」

「……ニアちゃん？」

別れの挨拶めいたニアちゃんの言葉に、わたしは優しく微笑《ほほえ》みかける。

「そうだね。わたしもニアちゃんのこと、大好きだもん。でもね、どうせなら毎日遊びたいかな。……わたしたちと一緒に暮らせば、いつでも会えるよ？」

「それは無理。アリカおねーちゃん、平和が一番って言ったから。……ニアがいたら、みんな怖い顔になっちゃう。平和じゃなくなっちゃう。ニアは魔族、だから」

「なーんだ。ニアちゃんがずっと断る理由って、そんなことだったんだ」

にこにこと笑うわたしに、ニアちゃんがぽかんとした。

……うん、本当に良かった。

だって、魔族がどうとかなんて、そんなことはわたしたちの村には一切関係ないもん。

「ねえ、ニアちゃん。わたしたちが暮らしてるの、ラフィール村っていうんだけどね――」

「――ということで、今日からこの村の住人になったニアちゃんです。みんな、仲良くしてあげてください」

「うおおおいっ⁉ 『迷い猫』の次は魔族の幼女かよおっ⁉」

広場にて、アリアルさんの絶叫を皮切りに村人のみんながざわめいた。

わたしの背中に隠れてるニアちゃんはといえば、目をぱちくりさせて、村人みんなを見つめてる。……まあ、それもそっか。

だって、スケルトンとかゴーストが喋《しゃべ》ってるんだもん。そりゃびっくりするよ。

「アリアルさんは、魔族の女の子は嫌い？」

「いや、そんなこたねえけどよ……。まあ、驚くわな普通は。俺ら魔物からすれば、魔族の女の子なんてお姫様みたいなもんだぜ？　一度でも謁見出来れば、死ぬまで自慢出来るくらい身分が違う。なのに同じ村で暮らすってのは、畏れ多いっつーか……」

ほへー。ニアちゃんって、そんなにすごい女の子だったんだ。

実際は洞穴で暮らしてたんだけど、夢を壊さないために黙っとこっかな、うん。

「じゃあ、ニアちゃんが住むこと自体に問題はないんだよね？　……まあ、もし駄目って言われても、反対を押し切って村長権限で村人にしてたけど」

「……無茶苦茶《むちゃくちゃ》すんなあ、アリカは」

「何しろ村長ですから。独裁政治上等、だよ？　……だってラフィール村は、何処《どこ》にも居場所がない人たちのための村、だもんね？」

ぴたり、と村人たちの喧騒《けんそう》が止《や》んだ。

「みんなのんびりした生活がしたくて、でも色んな事情があってそれが出来なくて。だから、みんなこの村に辿《たど》り着いたんでしょ？　だったら、ニアちゃんだけ仲間外れなんて絶対おかしいもん。……ニアちゃんもみんなと同じで、居場所を求めてるんだから」

広場がしんと静まり返って……沈黙を破ったのは、アリアルさん。

「……まあ、そうだよな。うちの村長が言うなら何とかなるか。うしっ、じゃあ今夜はニアのために歓迎会しねえとな。おーい、リリ！　また会場は『狼《おおかみ》の食卓』だろうし飯と酒の準備頼むわ！」

ニアちゃんに挨拶するのは『狼の食卓』で、なのかな。みんなは陽気に言葉を交わして、ぞろぞろ料理店へと歩いていく。

そんな光景を、ニアちゃんはぽかんと眺めていた。

「みんな、どうしたの？　どうして、ニアがいるのに笑ってるの？」

「それはね、ニアちゃんが来てくれて嬉《うれ》しいからだよ。……この村には、ニアちゃんを怖がる人なんて一人もいないもん」

「……ニア、ここにいてもいいの？」

「もちろんだよ。もし世界中の人から追い出されても、この小さな村だけは、ニアちゃんのことを嫌いにならないから。ここは、そんな優しい村だもん」

わたしは、優しく微笑《ほほえ》みながら、

「ようこそ、異種族と魔物が共存するラフィール村へ。わたしが村長のアリカ、です」

「……ニア、アリカおねーちゃんと一緒に暮らせるの？　ほんとに？」

ニアちゃんは、夢でも見てるかのような顔をして……わたしに抱きついた。

「ありがと、アリカおねーちゃん。……ニアは、とっても幸せです」

わたしはニアちゃんの頭を撫《な》でて……すぐ傍《そば》で、こほん、と咳払《せきばら》いの音。

見れば、気恥ずかしそうにするカナンと、にこにこと笑うシルヴィアがいた。

「えっと、初めまして。……ピュアスライムを譲ってくれて、ありがとうございます」

「あの子、キラリって言うんだよね？　私が責任を持って育ててるから、たまに遊んであげて欲しいな。……ニアちゃんのおかげで、村人のみんなが喜んでくれるよ」

シルヴィアはニアちゃんの頭を撫でようとする……が、まるで回避でもするように、わたしの背中へと回った。

「……え、えっと。ニアちゃん、どうしたのかな？」

「……ニアの頭、撫でちゃ駄目。これはおねーちゃんの特権」

「で、でも、私もお姉ちゃんだよ？　ほらほら、怖くないよー？」

「……？　ニアのおねーちゃんは、アリカおねーちゃんだけだよ？　だって、シルヴィアさんは大人だもん。だから、シルヴィアさん」

……これは、あれかな。

もしかして、わたしが幼女だから、ニアちゃんって心を許してくれたのかな。

まあ、大人に酷《ひど》い目に遭わされてきたわけだし仕方ないのかも。

「そ、そうなんだ。……うぅ～、良いなあ、アリカちゃん」

「ま、まあまあ。これからきっと仲良くなれるって。だって、ルームメイトなんだもん。

……ニアちゃん。これからはみんなで一緒に暮らすんだよ？」

「……この人たちと？」

ニアちゃんは、警戒するみたいにカナンとシルヴィアをじーっと見つめて。

そして、ぺこりとお辞儀をした。

「……不束者《ふつつかもの》ですが、どうぞよろしくお願いいたします」

「……うん、こちらこそよろしくね！」

無表情なニアちゃんに、心の底から嬉《うれ》しそうな笑顔をするシルヴィア。

今日からわたしたちが暮らす家は、賑《にぎ》やかになりそうだった。

「しかし、スライムの少女と魔族の子ども、ですか。……もしかして私は、前代未聞の生活を始めようとしているのでは……」

……まあ、特殊なルームメイトに囲まれてカナンは頭を抱えてたけど、ね。

四章　『狼の食卓』、リニューアルです！

朝に目が覚めて、一日の始まりにわくわくした気分になれるのはとても幸福なことだと、最近強く思う。

たとえば、ルームメイトの誰かが料理を作って、みんなで朝食を食べる、とか。

「……アリカはとても幸せな女の子ですね。それ、至って庶民的なことだと思いますよ？」

「うーん、わたしにとっては特別なんだけどなあ。そんちょーになる前は、魔物にご飯を横取りされちゃうこととかあったもん……」

「相変わらず、壮絶な生活を送っていたんですね……」

カナンに起こされたわたしは、眠気でうつらうつらしながら、一緒にリビングに向かう。

リビングにはニアちゃんと、朝食を用意する今日の料理当番であるシルヴィアがいた。

「……アリカおねーちゃん、カナンさん。おはよーございます」

「あっ、二人共おはよう。ちょうどご飯が出来たところだよ？」

二人が挨拶の言葉を口にして……わたしとカナンは、シルヴィアをじーっと見つめた。

もっと言えば、シルヴィアの服装を。

「……シルヴィア。その格好で、ずっと食事を作っていたのですか？」

「……？　どういうことかな？」

「いえ、だって……すけすけ、ですから」

そう、シルヴィアが着ているのは俗に言う、ベビードール、だった。

胸の谷間もおしりも、あられもないくらいはっきり見えちゃってる、むしろどこを隠せてるんだってツッコミたくなるような服装。

「あっ、これ？　あのね、いつも寝起きにはこの服にしてるんだよ？　すぐに着替えられるし、動きやすいから結構気に入ってるんだ。カナンちゃんもどう？」

「お気持ちだけ受け取っておきます。一人暮らしなら別ですが、ここにはアリカもニアもいますから。……その服装は、少しばかり刺激が強すぎるかと」

「えっ？　……う、うん、そうだよね！　もちろん分かってるよ、だって女の子ですから！」

分かってない。恥じらいが全然ない辺り、本質的なことを何も分かってない。

慌てて着替えに戻るシルヴィアに、わたしはつい困ったような笑みが浮かんでしまう。

この数日間一緒に暮らして分かったけど、シルヴィアはお嫁さん力が最も高い女の子だ。

料理は美味《おい》しいし、掃除は丁寧だし、洗濯も上手でしかも裁縫まで出来ておまけに愛想まで良い。わたしと結婚してくれないかなー、と真剣に考えてしまったくらいだ。

でも一つだけ欠点があって……ご覧の通り、スライムだから羞恥心がない、のである。

だから、あんな格好でも何とも思わないんだよね。

いや、でもこれって減点対象なのかな。むしろ男の人にとっては嬉《うれ》しいのでは……？

止《や》めとこ。幼女にあるまじき発想をしてしまった。

「でも、シルヴィアが無防備過ぎるのも問題かもね。ニアちゃんの教育に良くないもん。……ニアちゃんは、あの服装を見て何も思わなかったの？」

ソファに腰をかけるニアちゃんを眺める。

ニアちゃんが着ているのは、初めて出会った時のぼろぼろな服ではなく、ドレスのような可憐《かれん》な服。この村の仕立て屋で購入した私服だ。

「ニアは別に良いよ？　シルヴィアさんがしたいなら、そのままでも」

「……ニアちゃん、さっきの服装に違和感とかなかったの？」

「変だなって思ったけど、あれがこの村のしきたりなのかなって」

なにその卑猥《ひわい》なしきたり。

そんな掟《おきて》、わたしが村長である限り永久に作らないって断言出来る。

「ねえ、アリカおねーちゃん。……いつもの、して？」

あっ、そういえばそうだった。食事の前の、ニアちゃんとのお約束。

わたしはリビングにあった櫛《くし》を手に取り、ソファに座る。すると、ニアちゃんは待ちかねたようにソファの前に座り、ぽふん、と頭をわたしの膝に乗せた。

そのニアちゃんの銀色の髪に櫛を通す。

毎朝、ニアちゃんの髪を整えてあげる。それが、わたしの日課になっていた。

ニアちゃんに甘えられて始めたんだけど、これが結構心地良かったりもする。

「ニアちゃん、どうかな？」

「……すごく気持ち良いよ？　アリカおねーちゃんといると、ふにゃ～ってなるの」

そうなんだろうな。ニアちゃん、すごく幸せそうな顔してるもん。

……でも、誰かに髪を梳《と》かれるのって、そんなに良いのかな。

「ねえ、カナン。もし良かったら、わたしの髪の手入れして欲しいな」

「えっ……わ、私、ですか？　しかし、幼い女の子を膝に乗せるのは……」

「でも、この前はわたしのこと、なでなでしてくれたでしょ？　あの時、嬉《うれ》しかったんだよ？　だから、ね？」

「そ、それは……」

カナンは、顔を赤らめながらそっぽを向くと、

「……アリカは本当にずるいです。そんな風に甘えられたら、断れないじゃないですか」

「そういうカナンの優しいとこ、好きだよ？」

「そんな恥ずかしいことをはっきり言わないでください、もう」

拗《す》ねたようにカナンが隣に座ると、ニアちゃんは不安そうな顔で、

「……もう、おしまい？」

「ううん、そんなことないよ。ニアちゃんがして欲しいなら、このまま続けるから」

「そうなの？　……じゃあ延長でお願いします」

ニアちゃん、そういう言葉どこで覚えたの。

……あー、なるほど。ニアちゃんがおねだりする気持ちも分かる。

ニアちゃんの髪の手入れをしたままカナンの膝に座ると、髪の間に櫛《くし》が通る感覚。

だってこれ、すっごい落ち着くもん。髪を梳《と》かすカナンの手つきは優しいし、吐息が耳元にかかってくすぐったい。それが無性に心地良い。

それに、胸に抱いてるニアちゃんも柔らかいし……あれ？

考えてみたら、ニアちゃんとカナンのぬくもりを同時に感じてるってことだよね。

これって、かなりレアなシチュエーションなのでは……。

「しかし、手入れといってもあまり必要ないと思いますよ？　アリカの髪はさらさらしていますから。ほら、もう終わってしまいましたよ」

「そうなんだ？　じゃあ、次はカナンちゃんの番、だね？」

顔を上げれば、そこにいるのは普段着姿のシルヴィア。

その表情はにこやかな笑顔で……一方、カナンの顔に浮かぶのは、引きつった笑み。

「い、いえ、遠慮しておきます。アリカやニアと違って私は幼くありませんから。そんな恥ずかしいことをされなくても――あっ、アリカ……！」

言い終わる前に、わたしはカナンの膝から降りる。

すかさず、ひょい、とカナンを膝抱っこするシルヴィア。

「なっ！　し、シルヴィア……っ！」

「だって、カナンちゃんにはスライムを好きになってもらおうって決めたもん。だからスキンシップも大事かなって。それに、カナンちゃんの猫耳も触ってみたいなーって」

「……〜〜っ！　や、止《や》めてください、そこは弱いんです……！」

「あっ、そうなんだ。じゃあ、わたしもむにむにしよっかな」

「じゃあって何ですか⁉　アリカ、あなたまで裏切りを……⁉」

「大丈夫、優しくしてあげるから。ニアちゃんはどう？」

「……猫さん」

「ニア、どうしてそんな目を輝かせているんですか⁉　ま、待ってください、本当にくすぐったくて変な声が出ちゃうんです！　だからお願いですから……！」

……う〜ん。そんなに言うなら、残念だけど止めとこっかな。

カナンってばちょっと涙目になってるし、可愛《かわい》いところが見れたからそれでいっか……と思ったその時だった。

突然、がちゃり、と扉が開いた。

来客したのは——泣きそうな顔をしたララちゃん、だった。

「す、すみませんっ！　アリカちゃんはいませんか？　ララは、ララはアリカちゃんに相談したいことが、ってカナンさんが襲われてますっ!?」

「あっ、ララちゃんおはよう。カナンのことなら心配しないで？　ねっ、シルヴィア？」

「あはは、ごめんねカナンちゃん。ちょっと意地悪し過ぎちゃったみたい。……だから髪のお手入れだけ、ねっ？」

「……もう好きにしてください。猫耳以外なら構いませんから」

カナンってば、結果的に髪を梳《す》くことを容認しちゃった。ララちゃんもいるのにな。

「けど、ララちゃんどうしたの？　わたしに相談したいことって……？」

「……アリカちゃん、魔物と仲良しですよね？　だから、だから――」

そこで、ララちゃんは目に涙を溜《た》めながら、

「お願いします――カンコドリさんを、捕まえてくださいっ！」

「……えっ？」

カンコドリ、って……なに、その聞いたことのない魔物。

よくよく聞いてみればララちゃんが言っていたのは、閑古鳥、のことらしい。

そして、その閑古鳥が住み着いているというのが、ララちゃんの家でもあり、この村唯一のお食事処《どころ》――『狼《おおかみ》の食卓』、なんだとか。

「ははあ、なるほどね」

ララちゃんに連れられて訪れた『狼の食卓』を見渡す。確かに、もう開店してるのに今もお客さんは一人もいない。

ララちゃんは小さなしゃっくりを零《こぼ》しながら、必死で言葉にするように、

「リリお姉ちゃん、言ってました。閑古鳥さんは、お客さんがいないお店が大好きだって。『狼の食卓』は閑古鳥さんの巣なんだって。……だから、閑古鳥さんとお話ししたかったんです。リリお姉ちゃんのために、別のお家《うち》を探してくださいって」

言いながら、ララちゃんはお店の床に目を落とす。

そこにあるのはパンくずと籠。籠は紐《ひも》で結ばれた棒で支えられていて、えい、と引っ張れば籠が閉じる……っていう、子どもが頑張って考え出したような、簡易的なトラップだ。

「これで捕まえようって思ったんですけど、閑古鳥さん全然来てくれなくて。それにララには全然見えませんから、きっと魔物なんだって思って、アリカちゃんにお願いを……」

「そっか。……ララちゃんって、良い子なんだね」

すごいな、と純粋に思う。お姉さんのために、そんなに健気《けなげ》になれるなんて。

「でも、そんなに『狼の食卓』ってお客さんいないの？　この前とか、獣人族のお客さんがいたよね？　ほら、カナンが初めてこの村に来た時の」

「あっ、もちろん覚えてます！　だって外から来たお客さんなんて、冬以来でしたから！　ララは嬉《うれ》しくって、たくさんサービスしたんですっ！」

冬以来って、でも今は暖かい気候のはずだよね？

この大陸には四季があるみたいだし、ってことはあのお客さんは数ヶ月ぶりになるわけで……うわあ、今の聞かなかったことにしたい。

「で、でもっ！　リリさんの料理ってすごく美味《おい》しいし、全然お客さんがいないってことはないよね？　この村の人も、絶対食べに来るはずだし！」

「村人さんなら、たまにこのお店に来てくれます。……異種族の方がほとんど、ですけど」

「……異種族？　じゃあ魔物の村人は……？」

「料理を注文しない人も多いんです。そもそも、ご飯を食べませんから」

「……あっ」

完全に盲点だった。

そういえばそうだ。ここは世界でも珍しい――魔物が暮らす村、なんだ。

たとえば、スケルトンのアリアルさんとか、ゴーストの店主さんは食事をしない。だって骨と幽霊だもん。ご飯を食べようがない。

しかも、ラフィール村って村人が四〇人くらいの小さな村だし、さらに『狼《おおかみ》の食卓』を利用出来ない人たちがいれば、お客さんが少なくなるのも必然だ。

「――えええええええええっ!?　そ、それってマジかよ……!?」

わたしが呆気《あっけ》に取られていたとき、厨房《ちゅうぼう》の奥からアリアルさんの悲鳴。

あれ？　アリアルさんいたんだ。でも、大声を出してどうしたんだろ。

ララちゃんと一緒に厨房を覗《のぞ》くと、そこにいたのはアリアルさんと、一人の女性。

女性の方は、ララちゃんのお姉さんであるリリさんだった。年齢は二〇才くらいだろうか。狼の毛が落ちないようにポニーテールの髪に頭巾を被《かぶ》ってる、『狼の食卓』の料理人さんだ。

リリさんは、屈託のない笑顔を浮かべると、

「おっ、アリカちゃん来てたんだね。いらっしゃい。……ララはお店の掃除してくれる？　いつお客さんが来ても良いように、ぴかぴかにしとかなきゃね？」

「う、うん。……あのね、リリお姉ちゃん」

ララちゃんはぐっと、胸の前でガッツポーズをする。

「ララ、絶対に閑古鳥さんとお話しするから！　それでねそれでね、ちょっとだけお留守にしてもらうの！　お客さんがた～くさん来てくれるように！」

「……そうだね。じゃ、閑古鳥に会ったらよろしくって伝えといて」

うんっ、とララちゃんが頷《うなず》くと、お店から去って行った。

わたしは、叫び声をあげていたアリアルさんに振り向くと、

「どうしたの？　アリアルさん、凄《すご》い驚いてたけど」

「あ、ああ。それが、リリがとんでもないこと言うもんだからよ……」

「あー、そうそう。アリカちゃん、大したことじゃないんだけどさ――」

そして、リリは笑顔のまま、けろっと言うのだった。

「この店、そろそろ辞めようかなって」

………えっ？

「え――――っ⁉　り、リリさん、それ本気なの……⁉」

「すぐに、ってわけじゃないけどね。でも、ずっと前から家計は火の車だしさ、ララに貧しい思いはさせたくないんだ。……ララには秘密にしてね？　あの娘《こ》泣いちゃうから」

心配させたくないのかな。リリさん、悲しいはずなのに笑ってる。

「だから、この店も村長のアリカちゃんに返さなきゃね。元々この料理店は、村長の持ち物だから。私たちは店を借りて『狼《おおかみ》の食卓』って看板を出してただけだもん」

「そうだったの……？　でも、返さなくてもいいよ。リリさんの料理、大好きだもん」

「そ、そうだぜ！　なあ、考え直してくれねえか？　『狼の食卓』が無くなっちまったら、俺たちは何を楽しみに明日を生きればいいんだよ？」

「えっ、でもアリアルさんってご飯食べないんじゃ……」

「そんな身も蓋もないこと言わないでくれよおっ！　俺だって美味《うま》そうな料理を腹いっぱい食いてーよ！　でもしょうがないじゃん？　だってスケルトンだもん！　ねえよ胃袋なんて！　余ってんなら誰かから欲しいくらいだわ！」

……あれ。もしかしてわたし、踏んじゃいけない地雷踏み抜いちゃった……？

「え、えっと、ごめんね？　スケルトンだって素敵だと思うよ？　ほら、通気性ばっちりだから夏とか涼しいと思うし……」

「それ、フォローになってるか……？　いや、すまねえ。ついかっとなっちまった」

アリアルさんは、どよーんと落ち込むと、

「けどさ、こんな小さな村の楽しみなんて、『狼の食卓』の料理くらいなんだよ。俺には美味い料理なんて分かんねーけど、村のみんながリリの料理を楽しみにしてるのは分かるんだ。リリが言うなら俺が毎日客として来てもいい。だからよ――」

「止《や》めてよ。食べれないのにお金もらうなんて、アリアルに無理させてるみたいじゃん。……でも、気持ちは嬉《うれ》しいよ。あんがとね」

リリさんは、わたしの頭にぽんと手を置くと、

「それにアリカちゃんもありがと。小さな村長さんのおかげで、最後に良い夢が見れたよ」

「……わたしのおかげ？」

「アリカちゃん、今まで禁止されてた歓迎会を許してくれたでしょ？　あれ、本当に嬉しかったんだ。このお店にあんなにたくさんの人が来たの、本当に久しぶりだったなあ」

「じゃ、じゃあ、毎日を何かしらの記念日にして、みんなでパーティーをすれば……！」

「あはは、それは楽しそうだね。でも、村長だからって好き放題したら駄目だよ？　毎日

酒池肉林なんて、どっかの国の暴君みたいでしょ？」

仰《おっしゃ》る通りです、返す言葉もございません……。

でも、『狼《おおかみ》の食卓』がなくなっちゃうなんて、このまま見過ごせるわけがない。村長として、何か出来ることがあればいいんだけど……。


お昼時、だったからかな。家に帰ると、みんなはリビングでくつろいでいた。

わたしは、何気なさを装いながらカナンの隣に座ると、

「ね、ねえ、カナン？　そういえば、『狼の食卓』ってすごく素敵な場所だよね？」

「どうしたんですか、急に。まあ、とても良いお店だと思いますよ。冒険者として色んな街を巡りましたが、その中でもリリの料理は家庭的でとても美味ですから」

「じゃあ、これから毎日行こっか？　一人のノルマは最低一万ギニーってことで」

「ってことで、じゃありませんが。何ですかその無茶苦茶《むちゃくちゃ》な要望は」

「そ、そうだよね……。じゃ、じゃあニアちゃんは？　『狼の食卓』でご飯食べたくない？」

「ニア、美味《おい》しいご飯は好きだよ？　でも、アリカおねーちゃんが作ってくれたご飯の方が、もっと好き」

その言葉、この状況じゃなかったら抱きしめたいくらい嬉《うれ》しいんだけどなあ……。

多分、わたしが複雑な顔をしてたんだろうな。シルヴィアがわたしを覗《のぞ》き込むと、

「アリカちゃん、『狼の食卓』でランチを食べたいの？　でも、もう昼食のメニューは考えてあるんだけどなあ。……それとも、何か理由があるのかな？」

「……うん。実はね――」

わたしは、『狼の食卓』の事情を話して……真っ先に驚いたのは、シルヴィアだった。

「えっ、ええっ⁉　リリちゃん、お店辞めちゃうの……？　そ、そんなの駄目だよ！　だって、楽しみにしてる人だってたくさんいるのに！」

「……しかし、どうにも腑《ふ》に落ちません」

そう疑問を口にしたのは、カナンだ。

「どうして『狼の食卓』は、外から訪れるお客さんが全然いないんでしょうか」

「……カナン、どういうこと？　この村を訪れても良いのは異種族の人たちだけなんだから、村に来る人が減るのは自然なことだと思うけど……？」

言いながら、ずっと無言のニアちゃんが気になって視線を移す。

多分、子どもには難しい話題なんだろう。ニアちゃんはとっくに話に飽きていて、家の中に迷い込んだちょうちょを興味津々に見つめている。フリーダムだな……。

「そうだとしても不自然な気がするんです。だって、ラフィール村はこの大陸で唯一の、魔物の畜産を行っている村ですよ？　そんなに珍しい生産物があるなら、直接この村に買い付けに来る人たちがいても不思議ではないのに」

確かに、言われてみればそうかも。裏ダンで暮らしてたわたしの場合、魔物の素材ばかり利用してたから忘れがちだけど、この世界だと結構貴重なはずなんだよね。

「それに、人間が立ち入り禁止と言っても、都市や近くの村では少なからず異種族が暮らしているんですよ？　なのに、ここまで人が訪れないのは流石《さすが》におかしいような……」

「それなんだけど……禁止、されてるんだよね」

カナンの疑問に答えたのは、申し訳なさそうな顔をしたシルヴィア。

その言葉に、わたしはつい聞き返す。

「えっ？　禁止、って……？」

「この村には、ラフィール村の特産物を指定された商会以外に売ってはいけない、って掟《おきて》があるんだ。……その、前の村長さんが決めた掟、なんだけど」

あまりの言葉に、しん、と場が静まり返った。

物音といえば、ちょうちょを追いかけるニアちゃんの元気な足音、だけだ。

「い、いやいやっ!?　なにそれ、そんなの初めて聞いたよ!?　この村の特産物を売っちゃ駄目なんて、なんのために……!?」

「前の村長さんはね、この村にお客さんが訪れることを快く思ってなかったみたい。知らない人がたくさん来ると、争いの火種になるんじゃないかって。だから、わざと村人以外を遠ざける掟を作ったんだ」

む、無茶苦茶《むちゃくちゃ》な……！　そんなの、ラフィール村が衰退するだけじゃん！

「しかし、村人の皆さんは反対しなかったんですか？　私にはとても理不尽な掟に聞こえるのですが……」

「村長の決定、だからね。初めは反対した人もいたかもしれないけど、村長さんは譲らなかったみたい。それに、もう何十年も前からあった掟みたいだし、みんなも慣れて――」

「中止――――っ！　たった今、この瞬間から！　アリカ村長の名において、その掟は撤廃されましたっ！」

その突然の宣言には、みんな相当びっくりしたんだろうな。

だって、カナンも、シルヴィアも、ちょうちょを掴《つか》まえて天高くガッツポーズしてるニアちゃんでさえも、目を丸くしてるんだもの。

「あ、アリカちゃん？　撤廃って……？」

「これからは、魔物の生産物でもどんどん使って良いことにしようと思うんだ」

「しかし、重大な掟をそんな簡単に変えてもいいんでしょうか……？」

「もちろん責任はわたしが負うし、村人のみんなとも相談するつもり。反対意見がたくさん出たら、掟の変更は取り下げる。……でも、このまま何もしないなんて駄目だよ。『狼《おおかみ》の食卓』は、この村の大切な憩いの場なんだもん」

人間が訪れてはいけない、っていう掟を作った気持ちは分かる。喋《しゃべ》る魔物が見たい、っていう好奇心でこの村に来る可能性もあるし、そんなの村人も嫌だろう。

でも、この村の特産品を求める人まで拒むのは、あまりに閉鎖的過ぎると思う。そんなの、ラフィール村みたいな小さな村なら、緩やかに衰退していくだけだ。

「……アリカちゃんの言う通りかも。今のままだと、リリちゃんのお店はなくなっちゃうもん。掟《おきて》を撤廃しただけでも、お客さんは増えてくれるはずだよね」

「ありがと。そう言ってくれると、嬉《うれ》しいな。……でも、掟を変えるだけっていうのはちょっと違うかな」

きょとん、とする二人にわたしは言葉を続ける。

「だって、掟を変えただけじゃ今までの『狼《おおかみ》の食卓』と変わらないもん。わたしは、少ない異種族のお客さんが『狼の食卓』のために村に訪れるような、そんな特別な料理店にしたいんだ。……もう二度と、ララちゃんが閑古鳥を探さなくてもいいように」

決意を固めるように、わたしはすう、と深呼吸をして、

「『狼の食卓』をリニューアルしようと思います。……どうかな」

「「……えっ？」」

それは綺麗《きれい》に、カナンとシルヴィアの声がハモった。

ニアちゃんは、ちょうちょにばいばいと手を振って、わたしを見つめると、

「りにゅーある……ってなに？　ニアの知らない魔法？」

「リリさんと相談して、『狼の食卓』を豪華なお店にするの。掟がなくなったってことは、この村の特産品を使っても良《い》いってことだもん。だから、世界に一つしかないような素敵な料理店にしたいの」

そして、呆気《あっけ》に取られるカナンとシルヴィアに、わたしは微笑《ほほえ》む。

「だって、わたしは村長だもん。村を改革するのも、村長の大切なお仕事でしょ？」

その後、『狼の食卓』にて、わたしはリリさんに事情を説明していた。

「この店をリニューアルさせたい……？　気持ちは嬉しいけど、そんなの良いの？　私だけそんな好意を受けるなんて、他の人たちに悪いような……」

「リリさんが後ろめたくなる必要はないよ？　元々このお店は村のもので、リリさんはそれを借りてたんだよね。だから、このお店の改築費を村のお金から出すことは自然なことだもん。……それに、これは村の発展にもなる公共事業みたいなものだから」

「発展って、そんな壮大なことを考えてたの？」

「そこまで大げさなものじゃないけどね。ちょっとでも村が元気になればいいな、って思ってるだけだから」

それに、わたしには『狼の食卓』を建て直す義務がある、と思う。

何故《なぜ》なら、このお店が経営不振になったのは、恐らく前の村長さんが原因だからだ。

アリアルさんの話では、半年前まで村人たちは重税で苦しめられていたらしい。だから、メインのお客さんである異種族の人たちも、食事にお金を払う余裕がなくなった。

そしてそれを改善するのは、現村長であるわたしの仕事なのだろう。

「それに……このお店が続けば、ララちゃんも喜ぶからね」

わたしは、ララちゃんとニアちゃんの幼女組に目を移す。

二人はといえば、同じテーブルの下に隠れながら、じーっと例のトラップを見守っている。

「ニアちゃん、カンコドリさんが来たらこの紐《ひも》を引っ張るんですよ？　もし捕まえられても乱暴しちゃ、めっ、です。仲良くなってからお話しするんですよ？」

「小鳥さんと遊べるの？　……ニア、小鳥さんとお喋《しゃべ》り出来るかな」

これ、二人に閑古鳥の真実を教えてあげた方がいいのかな……。

けれど、リリさんはそんな幼女組に頬《ほお》を緩ませながら、

「そうだね、ララだって私のために頑張ってくれてるんだもん。……うん、分かった！　私に遠慮しないで、『狼《おおかみ》の食卓』を好き放題しちゃってよ」

リリさんは優しく笑うとテーブルから立ち上がって、

「ごめん、今から夜の料理のために仕込みしなきゃいけないんだ。ララ、手伝ってくれる？」

「あっ、はーい。ごめんなさい、ニアちゃん。ちょっとだけ行ってきますね？」

ララちゃんはニアちゃんと、それにわたしにぺこりとお辞儀をした。

それからしばらくすると、カナンとシルヴィアが『狼の食卓』に訪れた。

「アリカちゃん、お願いされてた通りこの村の特産品をリストアップしたよ？　……でも、これをどうするつもりなの？」

「まずはどれが食材になりそうか、考えたかったんだ。リリさんの料理は美味《お い》しいけど、まずは食べてくれないと何も始まらないよね？　だから、遠くの人でも足を運びたくなるように——魔物の食材を使った新メニューを開発しよっかなって」

ふふふ、と笑うわたしに、カナンは目を丸くしながら、

「ま、魔物の食材を使うんですか？　そんな料理店、聞いたことありませんが……」

「じゃあ、もしそんなお店があっても、カナンは入りたくない？」

「……いえ、とても興味あります。魔物の食材なんて、まず手に入りませんから」

「うんうんそうだよね！　カナンも食事が大好きな女の子だもんね！」

「なっ……。や、止《や》めてください。まるで私が食いしん坊みたいじゃないですか」

わたしは特産品がたくさん並んだリストをざっと見ると、紙に羽ペンを走らせて、簡単に作ったメニュー表を二人に見せた。

「だからね……たとえば、こんなのはどうかな？」

～グリフォンの特製ふわとろオムレツ～

～やわらかマタンゴのクリームシチュー～

～ファングボアの肉厚サンドイッチ～

～ハニービーの蜂蜜たっぷりハニートースト～

menu☆

「わっ、すごく美味《おい》しそう！　アリカちゃん、名前考えるの得意なんだね」

「そ、そうかな、ありがと。じゃあ、他にはこんなのもどうかな？」

シルヴィアに褒《ほ》められたのが嬉《うれ》しくて、ついもう一つメニューを追加する。

料理名はこんな感じだ。


～新鮮キラープラントの踊り食い　シェフの気まぐれドレッシングがけ～


「「……………………」」

……あ、あれ？　二人共、どうして静かになったんだろ。気のせいか、気まずい表情でこっちを見てるし……。

「ねえ、アリカちゃん。キラープラントって、人喰《く》い花って呼ばれてる怖い魔物のことだよね？　まさかだけど……それ、食べるの？」

「……な、なんちゃって！　ちょっとふざけてみただけだってば、あんな凶暴な魔物食べられるわけないいもん！」

「そ、そうだよね！　どれだけお腹《なか》が空《す》いてても、キラープラントを食べようって発想には普通はならないもんね！　しかも、アリカちゃんは女の子なんだもん！」

言えない……裏ダンでは手当たり次第に魔物を食べてたから余裕だよ、なんて……！

けど、とりあえず誤魔化《ごまか》せたみたい。カナンはほっとしたような表情をすると、

「しかし、これだけ特別な料理があれば、間違いなくお客さんの目は惹《ひ》きますね。グリフォンの卵なんて、ギルドのクエストで納品をしたことはありますが、口にしたことはありませんから。完成すればどんなものが出来るか、楽しみです」

「そうだね。グリフォンの卵って普通のお店には絶対にないし、私も一回しか食べたことないなあ。……でもね、一度は絶対に食べてみるべきだと思うよ？」

「……そんなに、グリフォンの卵って美味しいの？」

ふと見ると、紐《ひも》を手にしたニアちゃんがいた。トラップを監視しなきゃいけないはずなのに、料理の話題に釣られちゃったんだろうな。

シルヴィアは、まるで味を思い出すように頬《ほお》に手を当てて、

「うん、とっても！　一口しか食べれなかったけど、料理で感動するなんて初めてだったなあ。黄身が綺麗《きれい》な山吹色で、あんなに濃厚でとろっとした卵は初めてだったなあ。食事が終わってても、ずっと頭がふわ〜ってしてたんだよ？　もしニアちゃんが食べたら——」

そのまま、にこりと笑いながらシルヴィアは口にする。

「幸せすぎてお星さまが見えちゃうかも、ね」

「…………………」

「ああっ！　ニアちゃん、よだれよだれ！」

わたしは慌てて、ニアちゃんの口元をハンカチでふきふきする。

「でも、そんなにグリフォンの卵が美味《おい》しいなら、強気に料金を高くして良いかもね。そうだなあ、思い切って……三〇〇〇ギニー、とかどうかな」

「さ、三〇〇〇ギニー……!?　あ、アリカ、本気ですかっ!?」

動揺を露《あら》わにするカナンに、わたしは腕を組みながら、

「やっぱり高すぎるかな？　じゃあ、もうちょっと値段を——」

「ち、違います。わたしが驚いたのはその逆……安すぎるんです」

「……えっ？　そ、そうなの？　だって三〇〇〇ギニーだよ？　これだけあれば、結構豪華なディナーが食べれるはずなのに？」

「グリフォンの卵の相場はもっと高いはずです。何しろ、グリフォンの卵を入手するクエ

ストの報酬は、どれだけ低くても一万ギニーですから」

「いっ、一万っ……!?　じゃあ、料理の金額はそれ以上ってことになっちゃうの!?」

「……そうだね。グリフォンの卵って、富豪しか手に入らないような高級食材だもん」

そして、シルヴィアは憂いを帯びた顔をして、

「それに、他の料理だって普通の食材よりお金がかかっちゃうはずだし。このままだったら、お金持ちの人しか来れないようなお店になるんじゃ……」

「そ、そんな……!?」

それは、マズい。ひじょーにマズい。

都市みたいな人が多いところなら問題ないけど、ラフィール村は辺鄙《へんぴ》な土地だ。この村に来るだけでも時間とお金が取られるのに、料金まで高かったら絶対にお客さんは少なくなる。しかも、この村に来て良いのは異種族の人だけなのに……！

わたしがしようとしたことは、無駄だった、ってこと？

「……アリカおねーちゃん、大丈夫？」

「う、うん。心配してくれてありがと、ニアちゃん。絶対にわたしが何とかするから」

ニアちゃんの頭を撫《な》でると、カナンは沈痛な面持ちで、

「しかし、価格設定を下げれば『狼《おおかみ》の食卓』が損をするだけです。魔物の食材が使えないとなると、もう一度メニューを考え直すしか――」

「その相談、ちょっと待ったあああああああああああああっ！」

きーん、と。あまりの大声に、しばらく耳鳴りが止《や》まなかった。

戸惑いながら視線を移すと、その叫び声の正体は――。

「……あ、アリアル、さん？」

扉を開け放って仁王立ちをするスケルトンが、そこにいた。

「随分と話し込んでたみたいだからよ、アリカに用があったんだが、こっそり話を聞かせてもらってたぜ。……あんたたちは今、『狼《おおかみ》の食卓』を救おうって話をしてたんだろ？」

「う、うん。そうだけど……？」

……ど、どうしたんだろ。

アリアルさん、カタカタって骨が鳴るくらい身体《からだ》が震えてるけど。

「……っ！　本当にすまねえ、村長！　俺は自分が情けねえ！」

そのまま、土下座をした。

そう、謝罪の最上級である例のジャパニーズスタイル。

この世界でも土下座って文化あるんだ、って感心したのは一瞬だった。

「ちょ、ちょっとちょっと！　アリアルさん、急にどうしたの⁉」

「俺はよ、もうずっと前からこの村に住んでるんだ。ララだって赤ん坊の頃から知ってるし、そん時には『狼の食卓』だってあった。そんな俺が何もしなかったってのに、この村に来たばっかの村長は村を思って掟《おきて》まで変えてくれたんだろ？　しかもまだ幼女だってのによ。俺は自分が情けなくてしょうがねえんだ！」

ばっ！とアリアルさんは顔を上げる。

「だから、俺も一肌脱がねえと気が済まねえ！　頼む村長、俺も協力させてくれ！　こんな不甲斐《ふがい》ないスケルトンでも粉骨砕身の覚悟で頑張るからよ！」

「ふ、粉骨砕身って、それアリアルさんが言うと洒落《しやれ》にならないよ!?」

「たとえば、さっき言ってた魔物の食材のコスト。それなら俺が何とか出来る！」

その一言に、ほんの一瞬だけ、わたしたちは静まり返った。

やがて、沈黙を破ったのはカナン。

「それは、もしかして……食材を安く提供出来る、ということですか？」

「おうっ、グリフォンなら俺が飼育してるんだ。リリとララのためなら、赤字覚悟で卵を譲るつもりだ。しかも産地直送で新鮮な卵だぜ。これならリリが作った最高の料理を、もっと安く客に食わせてやることも出来るだろ!?」

「あ、アリアルさん、そこまでしてくれるの……？」

「俺だけじゃねえ。……ここに来たみんなも、同じ気持ちなんだ」

ここに来たみんな……って、それってもしかして。

わたしは慌ててお店の外に出て、その光景にぽかんとした。

目の前にいるのは、エルフや獣人族である異種族の人たちや、リザードマンやグールである魔物たち。

もう顔なじみである村人のみんなが、意気揚々と広場に集まっていた。

「こ、これって……？」

「俺がみんなに声をかけたんだ。『狼《おおかみ》の食卓』はただの料理店じゃねえ、この村の宝物なんだ。だからよ……みんな、何とかしてやりたいって思ってたんだ」

「聞いたよー、村長っ。なんか『狼の食卓』がやばいらしいみたいだね？」

村人たちの中からぶんぶんと手を振ったのは、鬼人族のセシリア。

「私たちにもさー、出来ることってないのかな。多分だけど、力になれると思うよ？　ここに住んでる人たちって、みーんな何かしら取り柄があるんだもん」

「……ねえ、アリカちゃん。みんなにも協力してもらおうよ」

わたしの肩に両手を置いたのは、シルヴィア。

「それを決めれるのは、村長であるアリカちゃんだけだよ？」

「……うんっ！」

わたしは一歩だけ大きく前に出て、演説みたいにみんなに語りかける。

「皆さーん！　わたしことアリカは、村の発展のために『狼の食卓』をリニューアルすることに決めました！　そのために、皆さんのお力を貸して頂けませんかーっ！」

『お――――――っ！』

「そして、『狼の食卓』を村の誇りになるような、世界一の料理店にしましょーっ！」

『お――――――っ！』

「まだ新米村長で、それに幼女ですけど、わたしに付いてきてくれますかーっ！」

『お――――――っ！　幼女最高っ！　幼女が村長で良かった――――っ！』

どれだけテンションが高いのか。その歓声は、まるで戦場であげる鬨《かちどき》の声そのもの。

そんな熱狂の渦の中、ぽつりと、カナンは呟《つぶや》くのだった。

「皆さん、一致団結してるのは結構ですが……幼女を称《たた》える村、というのは何か間違っているような気がするのは、私だけでしょうか……？」

……カナンの言葉は聞かなかったことにしよう、うん。

まるで、お祭りの前日みたいな賑《にぎ》やかさだった。

『狼の食卓』では、何人もの村人が慌ただしく動き回っている。あんまりたくさんの人が協力してくれるから、班分けが必要なくらいだ。

たとえば、わたしがいるこの厨房《ちゅうぼう》で作業するのは料理班。

そこには、シルヴィアとリリさんがいた。わたしは二人に近寄ると、

「お疲れさま、リリさん。料理のメニュー、決まりそう？」

「結構良い感じかな。前々から、この村の特産品を使った料理を作ってみたい、って考えてたしね。今はスリープシープの食材を使おうかなって考えてるんだ」

スリープシープとは、この村で飼ってる羊みたいな魔物のことだ。相手を睡眠状態にさせるスキルを持つのが特徴な魔物らしい。

「スリープシープは羊毛で有名なんだけど、実は羊乳も評判が良いんだ。だから――」

そこで、ぽん、と手を叩《たた》いたのはシルヴィア。

「そっか！　そのミルクで焼き菓子とかプリンとか作れるんだね。スリープシープのデザートかあ、すごく美味《おい》しそうだね！」

「ふーん。デザート、ね。面白そうじゃない、私も混ぜてよ」

わたしたちに声をかけてきたのは、アルラウネのアルラさん。

以前、マンドラゴラを抜くのを手伝った魔物の美少女だ。

「良かったら、私のフルーツも使ってくれない？　特産品扱いされてて、掟《おきて》でリリに提供出来なかった果物がたくさんあるのよ。たとえば、桃とかメロンとかね」

桃とメロン！　すごい、そんな高級な果物まであるなんて。

「うわあ、なんて甘美な響き……。わたし、どっちも大好きなんだ。アルラさんって、そんなフルーツまで育ててたんだね」

「フルーツどころか、種があるならどんなものでも栽培してあげるわよ？　なんてったって、植物の女王アルラウネ、だもの。……そんなに好きなら、桃もメロンも今度プレゼントしてあげるけど」

アルラさん、わたしが子どもだから優しくしてくれるのかな？　うーん、幼女は得だ。

けれど、アルラさんは悩むように腕を組むと。

「でも、野菜も果物も充実してるのは良いけど、全部使い切れるかしら。そんなに食材があったら傷んじゃうんじゃ……」

「それなら大丈夫だよ？　シルヴィアのおかげで、保管設備は整ってきたから」

きょとんとするアルラさん。わたしは、厨房《ちゅうぼう》の床にある扉を開ける。

そこはこぢんまりとした地下倉庫で、まるで冷蔵庫の中みたいに寒い。その原因は――

ぴょんぴょんと跳ねている、数匹のアイススライムだ。

その光景にアルラさんは驚いたように、

「へえ！　確かにこれだけ寒かったら、瓶詰めにしなくても低温保存出来るわね。アイススライムを使って冷蔵しようなんて、アリカやるじゃん」

「ううん、本当に凄《すご》いのはシルヴィアの方。アイススライムって、本当は寒国にしかいない魔物なんだって。それでもこれだけ数がいるのは、シルヴィアが丁寧に世話をして繁殖に成功させたからだもん」

「あ、あはは……そんなことないよ。このアイディアは、アリカちゃんが考えたんだから」

シルヴィア、嬉《うれ》しいのかな。恥ずかしそうにはにかんでる。

それから、わたしはシルヴィアたちに別れを告げてから厨房《ちゅうぼう》を出た。

「料理班は大丈夫みたいだし、次は……」

フロアを見ると、そこにいるのは雑務班のみんな。

雑務って一口で言っても、やることはたくさんだ。エルフや獣人族の少女たちは大掃除をしているし、アイテム屋の店主さんは食材の原価からメニューの料金設定を計算してくれていた。

「……アリカおねーちゃん」

そんな光景を眺めていると、わたしにぎゅっと抱きついてくる女の子が一人。

まあ、こんなことするのニアちゃんしかいないんだけど。

「どうしたの、ニアちゃん。お手伝い疲れちゃった？」

「ううん、そんなことないよ。ニア、まだまだ頑張る。……でも、ずっとおねーちゃんと離れてて寂《さみ》しかったから。ニア、燃料切れになっちゃったの」

燃料切れかー、じゃあしょうがないな。

……そうだ。ついでに、ニアちゃんにあのことを頼もうかな。

「ニアちゃんにお願いしたいことがあるんだけど、良いかな。仕立て屋さん、って分かる？　雑務班で裁縫をしてる人のことなんだけど」

わたしは、ニアちゃんにあるお願いをして……こくり、と頷《うなず》いた。

「うん、分かった。ニア、ちゃんと任務遂行するね」

「あっ、ニアちゃん！　お手伝いして欲しいからって、セシリアさんが探していましたよ？　ララと一緒に行きましょう！」

女の子たちのお手伝い、かあ。お皿運びとか、そういうのなのかな？

「セシリアさん、使えなくなったテーブルとか燃やしたいみたいなんです！　だから、ニアちゃんが火魔法を使えたら楽だって言ってましたよ？」

子どもなのに容赦ないな⁉　いやまあ、ニアちゃん魔法使えるけどさ……。

「分かった。……ありがと、おねーちゃん。元気、補充できた」

「う、うん。でも、ほどほどにね？　村が燃えたら大変だから」

「うん。ニアも、この村が燃えちゃうなんてやだよ？　この村にいるみんなは、ニアに暮らしても良いよって言ってくれるから。そんなラフィール村が大好きなの。……じゃあね、おねーちゃん。ばいばい」

そして、ニアちゃんは手を振るララちゃんの許《もと》へと駆けていく。

ニアちゃん、そんなにラフィール村のこと好きだったんだ。

つい頬《ほお》を緩ませて、わたしは店の外に出るとこの村にある鍛冶場に向かった。

この村には唯一の鍛冶屋であるデュラハンさんがいて、普段は農具とか金物の修理を請け負ってるみたい。甲冑《かっちゅう》だから鍛冶が得意なのかな？

それで、今は作業場に最適だから、道具班のみんなにお仕事してもらっているのだ。

「お疲れさま、カナン。進捗具合はどう？」

テーブルを作っていたカナンが、手を止めた。

「悪くないですね。みなさん仕事熱心ですから、食事に必要なものは一通り揃《そろ》いそうです。

……ただ、この後に道具班全員で大仕事があるんですけど」

「……大仕事？」

「『狼《おおかみ》の食卓』の屋外に窯を作るんです。それも、ゴーレムの鉱石を使った特注、ですよ？」

「へえー！　ゴーレムの窯、かあ。すごそうだね」

「耐久性も火の耐性も、鉄よりも優秀ですからね。都市の武器屋では、ゴーレムの盾が高額で売買されてるくらいなんですよ？　でも、防御力は高いんですが重いのが難点なんですよね、あれ。しかし盾スキルを上げていれば武器としても利用することが——」

そこで、はっ、とカナンは猫耳を立てると、

「す、すみません。つい、話が逸《そ》れてしまって」

「ううん、いいよ？　カナン、楽しそうだもん」

やっぱり、カナンって根っからの冒険者なんだろうな。

「でも、これで料理の幅が増えるね。パンもピザも焼けるわけだし。うわ、考えてみたら

これすごいね！　窯ってとてつもないポテンシャルを秘めているのでは……」

何だか楽しくなってきたわたしは、わくわくしながら、

「ねえねえ、他に魔物の素材で作る調理器具とかないかな？」

「そうですね。……ああ、そういえば道具班の誰かが面白いことを言ってましたっけ」

思い出し笑いをしながら、カナンは口にする。

「オリハルコンの包丁があったら世界一の料理店になるのに、って言ってたんですよ？」

「……？　それが、面白いことなの？」

「アリカは知らないかもしれませんが、オリハルコンはとても貴重な鉱石なんです。オリハルコンで打った装備は、全てAクラスに認定されるほどですから」

「へー、オリハルコンってそんなにすごい鉱石なんだ」

「それだけに入手はとても困難ですけどね。何しろ、高難易度ダンジョンの奥底にしかありませんから。この辺りだと、『狂獣の眠る墓』でしか確認されていませんね」

「あっ、それ覚えてる。確か、『フラタの森』の近くにあるダンジョン、なんだよね。そっか、結構近くにあるんだね。じゃあ早速行こっか？」

「…………はい？」

「まさか、本当に来てしまうとは……！」

一時間後、『狂獣の眠る墓』を前にして、カナンは愕然《がくぜん》とするのだった。

わたしはカナンと共に、『フラタの森』から少し離れた荒地にある洞窟まで来ていた。この洞窟が、『狂獣の眠る墓』に繋《つな》がってるみたい。

カナンは、頭痛に耐えるように頭を抱えながら、

「あ、あの、今からでも遅くはないですから考え直してくれませんか？　オリハルコンを採掘するということは、相当の危険が伴うってことなんですよ？」

「じゃあ、きっと世界に一つだけの素敵な包丁が出来るね？」

「………………。はぁ……何があなたをそこまで駆り立てるんですか、もう」

「だって、村人のみんながあんなに頑張ってくれてるんだもん。料理班も、雑務班も、道具班も、みんな『狼《おおかみ》の食卓』を変えようって必死になってる。……だから、妥協したくないんだ。『狼の食卓』を成功させるために、わたしに出来ることは全部したいの」

わたしは少しだけ気恥ずかしくなって、小さく笑いながら、

「そんなに貴重な鉱石で作った包丁なら、きっと少しは話題になるはずだよね？　……オリハルコンを取りに行く理由なら、それだけで十分かな」

「……その気持ちは立派だと思いますが、今から入るのはあの『狂獣の眠る墓』ですよ？しかも、たった二人でなんて無謀にもほどがあります」

「まあ、シルヴィアとニアちゃんにも声かけよっかなって思ったんだけどね。でも、そん

な危険なダンジョンなら、二人を巻き込むのは止《や》めとこっかなって」

「……なるほど。つまり、わたしはどうなってもいいと」

「そうじゃないってば。カナンのことを信頼してるから、一緒に来てもらったの。カナンなら、もしわたしが倒れそうになっても、きっと颯爽《さっそう》と守ってくれるよね？」

「えっ？　私がアリカを守る、ですか？　……そ、そうですか」

……？　どうしたんだろ。カナンってば、口元が緩んでるけど。

「し、仕方ありませんね。いくらアリカのレベルが99といえど、私の方がお姉さんですから。……私が傍《そば》にいますから、安心してください」

いざ、わたしたちは『狂獣の眠る墓』である洞窟へと足を踏み入れた。

冒険者の人たちが整備したのかな、中はずっと燃え続けてる不思議なランタンが飾ってあって、すごく歩きやすい。

「アリカは、絶対に私の前に出ないでくださいね？　一階くらいなら何人もの人間が踏破していますが、魔物が恒常的に罠《わな》を仕掛けていますから。それと、私の判断で帰還用のアイテムを使って離脱することもあるので注意してください。……あ、あと、怖いなら手も繋ぎましょうか？　強いといっても、アリカはまだ幼いですから」

「ありがと。じゃあ、そうしよっかな。……えへへ、何かすごく頼りになるな」

「そ、そうですか？　……私だってプロの冒険者ですからね。『迷い猫』の名前に誓って、アリカには傷一つ負わせません」

カナンってば、わたしの手をぎゅっと握ってる。

「しかし、せめてシーフやハンターの一人は欲しかったですね。罠《わな》や魔物の探知には、彼らの協力が不可欠ですから」

「そうなの？　……あっ、気を付けてね。そこの曲がり角、魔物がいるから。わたしたちのこと待ち伏せてるのかも」

「……えっ？」

ぴたり、とカナンが足を止める。

目を丸くしながら、ずっと遠くにある二股道を指でさすと、

「曲がり角というと、あのかなり離れたところにある……？」

「うん、少しだけ羽音が聞こえるもん。多分昆虫系の魔物かな。出来るなら迂回《うかい》した方が良いと思うけど、どうかな？」

「……あの、もしかして、ですけど」

信じられない、とでも言いたげにカナンは口にした。

「『危機察知』のスキル、持ってるんですか？」

「えーっと……。そういえば、『鑑定石』に触った時、そんなのもあったかも。もしかして、それが言ってた罠や魔物の探知に必要なスキルなの？」

カナンは言葉を失ったまま、こくり、と頷《うなず》く。

「じゃあ、わたしでもちょっとは力になれるかもね。……そういえば、オリハルコンってこのダンジョンの何階にあるの？」

「……十三階、です」

「ふーん、結構近いんだ。じゃあそこまで苦労しなくても良いかもね。……あれ、カナンどうしたの？　何か、暗い顔してるけど」

「……いえ、嫌な予感がする、というか。私の予想と期待を大きく裏切られるような、そんな気が……」

「……？　カナンってば、へんなの」

わたしはカナンと手を繋《つな》いだまま、ダンジョンの奥へと進む。

高難易度のダンジョンだけあって、複雑に入り組んでて、時には凶暴そうなモンスターの気配もする……んだけど、何とかなるような気がする。

だって、裏ダンよりずっと楽なんだもん、ここ。

「ちょっと待って。そこ蜘蛛《くも》の糸が張ってあるから危ないよ？　ちょっとでも触ったら魔物が襲ってくるから、違う道にしよっか？」

「…………」

「そろそろランタンが無くなってきたけど、灯《あか》りを点《つ》けるのは避けたいよね。……えっ？

わたし？　うん、暗くてもちゃんと見えるよ？　こういうの慣れてるから」

「…………………」

「あっ、奇襲ならしなくても良いよ？　あれくらいの魔物なら、わたしの魔法で十分だと思うから。……あはは、カナンってばそんなに戦いたいの？　でも、カナンが怪我《けが》したら大変だもん。ここはわたしに任せて？」

「…………………」

と、わたしたちは一階ずつ確実にダンジョンの奥を進み――何事もなく、十三階のとあるフロアに辿《たど》り着いた。

そこは、まるで星の海のような輝きを放つ、辺り一面の鉱床だった。

その中に紛れた、氷柱《つらら》みたいに露出した鉱石がオリハルコン、らしい。

「うわー、オリハルコンってたったこれだけしか採れないんだ。でも、包丁くらいなら何とかなるかも。ねえカナン、これを持って――あ、あれ⁉　カナン、どうしたの⁉」

振り返ると、カナンは魂が抜けたような顔で、指で地面をいじいじしていたのだ。

「気にしないでください。冒険者の存在意義について自問自答してるだけですから。……冒険者って、一体何なんでしょうね。アリカのような幼い女の子にエスコートされるような、そんな甘い職業だったんでしょうか？　ははは、これは傑作ですね」

「目が死んでるけどほんとに大丈夫⁉」

わたしはがくがくとカナンの肩を揺らし……くっ、とカナンは悲しそうな顔をする。

「……こんなの、私が思ってたのと違います」

まるでハートが傷ついた乙女のような、弱々しいカナンの口調。

「私は、アリカを守るはずだったんです。身を挺《てい》して罠《わな》を避《よ》けたり、魔物をなぎ倒したり。少しでも冒険者らしいところを見せてアリカに尊敬されるはずだったのに……まさか、ここまで無事に辿り着いてしまうなんて……！」

……あっ。そ、そっか、なるほどなー。

このダンジョンに入った時、カナンってやけに張り切ってたけど……あれって、わたしに頼って欲しかった、のかな？

「……アリカ、あなたは一体何者なんですか？　強豪ギルドのパーティでさえ、ここまで来るのに全滅を覚悟するんですよ？　レベルが高いだけでなく、まさかダンジョンの攻略まで卓越してるなんて……」

ま、まあ、何しろここより難易度が高いダンジョンに一〇年も暮らしてたから——なんて今のカナンに言えるほど、わたしの神経は図太くない。

「え、えーっと……ご、ごめんね？」

「いえ、いいんです。アリカが最強ロリであることは分かってましたから。もう何が起きたって驚きません。……しかし、これだけは約束させてください」

ぎゅっ、と。決意を込めた眼差《まなざ》しで、カナンはわたしの両手を握った。

「私は必ず、あなたに相応《ふさわ》しい冒険者になり、いつかあなたのことを守ります。……すごいね、とアリカに言ってもらうために」

「……う、うん」

強くなる理由が幼女に褒《ほ》めてもらいたいからって、前代未聞だろうな……。

そこで、ふと気になったことをカナンに質問する。

「そういえば、『狂獣の眠る墓』ってまだ階層が残ってるんだよね？　じゃあ、奥に進めばまだオリハルコンがあるんじゃ……」

「その可能性は高いですが、不可能です。何しろ、開放されているフロアはこの十三階までですから。この先は、魔王が従えていた魔物が眠っているという理由で、国が禁足地に指定していますから」

「あっ、そういえばそうだったね。うーん、残念。もっと奥に進んでオリハルコンを集めたかったのに」

「とても幼女とは思えない一言ですね……。まあでも、アリカが無事で何よりです」

良かった。カナン、元気が出たみたい。

「じゃあ、オリハルコン持って帰っちゃおうか。このままじゃ採れないから、周りの岩盤ごと運べば良いんだよね？」

「ええ、そうですね。……しかし、まさかオリハルコンで肉や野菜を切るなんて、誰も想像してなかったでしょうね。ダガーにでもすれば、世界屈指の冒険者たちがこぞって欲しがるのですが……」

まあ、カナンの気持ちも分かるんだけど、これぱっかりは譲れないかな。

わたしの村の、大切な料理店のためだもん。お金とは比べ物にならないよね。

それから一〇日が経《た》ち、『狼《おおかみ》の食卓』は異国情緒が漂う料理店へと新装されていた。

「うわー……」

わたしはただ、その光景に圧倒されるばかり。

新調された木製のテーブルに、背もたれに意匠が施された木製のお洒落《しやれ》な椅子。天井にはいくつもランプが吊《つ》られていて、その中では蝋燭《ろうそく》が淡い光を放っていた。

シルヴィアは、ぽかんとしたような顔で、

「ここ、ラフィール村の料理店、だよね……？　なんか、まるで夢みたい。ラフィール村に、こんなに素敵なお店が出来るなんて」

村長ながら、わたしもそう思う。しかも、食材を長期保存出来る冷蔵室とか、ゴーレムの石窯とか、見た目だけじゃなくて設備もしっかりしてるなんて。

都市にだって存在しない、魔物の素材を生かした料理店。それがこの『狼の食卓』だ。

わたしたちの声が聞こえたのかな。厨房《ちゅうぼう》から、ララちゃんがこちらに駆け寄ると、

「あっ、みなさん！　こんばんは、ですっ！　……な、なんか、ララはずっとどきどきしちゃってます。明日、お客さんは来てくれるでしょうか……？」

「安心して。他の人にもお願いして、都市とか近くの村に『狼《おおかみ》の食卓』のこと宣伝してもらってるから。きっと、来てくれるはずだよ？」

……まあ、本当のところわたしもかなり不安ではあるんだけど。

ここから一番近い村で、歩いて一時間ほど。都市に至っては三時間かかる。決して近い距離ではないうえに、この村に来るのを許されるのは数少ない異種族だけなのだ。

けど、弱音は言えない。魔物の料理はそれだけの価値があるはずだし、何よりもララちゃんがこんなに不安そうにしてるんだから。

「ねえ、ララちゃん。今、リリさんはいないかな？　渡したい物があるんだけど」

「えっと……お姉ちゃん、お姉ちゃんなら、今はそっとしてあげて欲しいです。初めて使う食材ばっかりで、お姉ちゃん、最近はずっと料理の練習をしてますから」

「そっか。一番大変なのは、リリさんだもんね。……じゃあ、これはララちゃんからプレゼントしてくれると嬉《うれ》しいな」

ララちゃんは、わたしが差し出した木箱を不思議そうに受け取って……蓋を開けた途端、ぴこん、と狼の耳が立った。

「わっ、包丁です！　ありがとうございます、お姉ちゃん、きっと喜びます！　……でもこの包丁、とてもキラキラしてますよ？」

その言葉に答えたのは、カナン。

「ええ、オリハルコンで打った包丁ですからね。リリに渡せばきっと驚きますよ？　……何しろ、世界に一つしかないと、私が断言しますから」

「そ、そんなにすごい包丁なんですかっ！　おりはるこん、ってララにはよく分かんないですけど、お姉ちゃんのために作ってくれたんですよね？　とっても嬉しいです！」

けど、カナンが苦笑してるところを見ると、ちょっとは未練があるのかな。

でも、この包丁が完成したのはカナンのおかげだ。だって、カナンが有名な鍛冶屋に行って、特別製のツルハシでオリハルコンを採ってくれたんだもん。

「しかし、私も驚きました。まさか、鍛冶屋のデュラハンが過去にオリハルコンを打ったことがあるなんて。オリハルコンほどの鉱石なら、相応のスキルが必要なんですけどね」

カナンの言葉に、シルヴィアは誇らしそうに胸を張って、

「ラフィール村って、すごい技術を持ってても人里で住めない人もいるからね。意外と、職人さんが多いんだよ？」

そうなんだ。こんなに立派な料理店が出来たのも、そんな優秀な人材がいるからなのかも。……何か、今更ながら凄《すご》い村なんだな、と思ってしまった。

わたしは、ララちゃんに微笑《ほほえ》むと、

「ねえ、良かったら明日はわたしも『狼《おおかみ》の食卓』のお仕事させて欲しいんだ」

「い、いいんですか？　こんなにお世話になったのに、お店のお手伝いまで……」

カナンとシルヴィアは、ララちゃんの言葉に笑顔で頷《うなず》いた。ここまで頑張ったんだもん、

二人共とことん付き合ってくれるみたい。

けれど、ニアちゃんはわたしの服の裾を引っ張って、

「ニアは、家でお留守番してるね。……ララ、頑張って。こっそり応援してるから」

「ど、どうしてですか？　ララは、ララはニアちゃんと一緒にお仕事したいですよ？」

「それは駄目。明日は、知らない人がいっぱい来るよね？　……だったら、みんなニアのこと怖がっちゃうと思う。ニアは魔族、だから」

「……大丈夫だよ。お客さんの前に出るだけがお仕事じゃないもん」

わたしは、ニアちゃんの頭をよしよししながら、

「たとえば、お皿洗いだって大事な仕事だもん。ニアちゃんがいてくれると、ここにいるみんなが助かるんだよ。どうかな？」

「……ニアも、一緒にお手伝いしてもいいの？」

ニアちゃんは笑顔を浮かべるみんなを見渡して、ぽつりと呟《つぶや》く。

「明日は、お皿洗いをマスターするくらい頑張るね」

「うん、よろしく。……えっと、それでね？　みんなに相談したいことがあるんだけど」

わたしはみんなの前に、どん、と木箱を置くと、おもむろに蓋を開ける。

その中にあるのは――一〇日前、ニアちゃんに伝言をお願いして作ってもらった衣装。

「こ、これって……」

ぽつり、とシルヴィアの驚いたような声。ニアちゃん以外のみんなは、きょとん、とした顔で木箱の中を覗《のぞ》いていた。

そんなみんなに、わたしははにかみながらお願いするのだった。

「明日なんだけどね。……みんなで、この服に着替えて働いて欲しいんだ」


翌日、『狼の食卓』が開店する直前。

最後の最後まで綺麗《きれい》に掃除をした厨房《ちゅうぼう》で、カナンとシルヴィアは不安そうに待機していた。二人共緊張してるみたい……なんて、わたしも他人のこと言えないんだけど。

だって、わたしだってかちこちになっちゃってるもん。

耳に痛いくらいの静寂のなか、焦《じ》れったいくらいゆっくりと時間が過ぎて……やがて、表の掃除をしていたララちゃんが戻ってきた。開店の準備が出来たんだ。

同時に、ぎい、と開く入り口の扉。

来店したのは、エルフの二人組のお姉さんで――わたしは厨房を出て、ララちゃんと一緒に声を揃《そろ》えて精一杯の挨拶をする。

「いらっしゃいませっ！」

声、震えてなかったかな。そんなことを頭の片隅で思って……ぱっ、と。エルフのお姉さんたちは笑顔になって、わたしとララちゃんに駆け寄った。

「きゃーっ、可愛《かわい》いっ！　ねえねえ、あなたたちここで働いてるの？　小さいのにお仕事するなんてえらいね！」

「……そ、そうですか？」

「うんうん！　それに、その服装！」

お姉さんたちは、目を輝かせながらわたしたちを見て、

「まるで、メイドさんみたいな服装だね！　すごいなあ、わたしたちまで貴婦人になったみたい！　いいなー、可愛いなー！」

……そう。ひらひらのワンピースに、真っ白なエプロンドレス。

今まさに、わたしたちが着ているのは――メイド服、だった。

精一杯のおもてなしをしたい。その一心で仕立て屋さんに作ってもらったんだけど、まさかこんなに喜んでもらえるなんて。

あまりに可愛いって連呼するから、わたしはちょっとだけ恥ずかしくなって、

「あ、ありがとうございます。……えへへ」

「はうっ！　か、可愛《かわい》い……妹にしたいくらい可愛い……！　ね、ねえ、いくら払ったらあなたたちをなでなで出来るの？」

「あはは、お金なんて結構です。どうぞ心ゆくまで撫《な》でてください。ねっ、ララちゃん？」

「は、はいっ！　ララもなでなでされるのだいしゅ……えっと、大好きです！」

「きゃーっ！　噛《か》んでるところも最高に可愛いっ！　じゃあお言葉に甘えて……！」

エルフさんは、わたしとララちゃんの頭をここぞとばかりに撫でる。そんな友達を見かねたのか、もう一人のエルフのお姉さんが、

「あんまりはしゃがないの、迷惑になるでしょ。……ここ、『狼《おおかみ》の食卓』で間違いないわよね？　掲示板には、魔物の食材をふんだんに使った料理が売りだって書いてあったけど」

「はい、そうですよ！　何しろ、世界でも数少ない魔物を飼ってる村ですから」

「へえ、やっぱりそうなのね！　私たちはグリフォンの卵が食べたくて来たんだけど、大丈夫かしら？　確か、先着二名限定なのよね？　しかも、五〇〇〇ギニーって書いてあったけど……」

「はい、その通りです！　今すぐにでもお作り出来ますよ？」

「ほ、本当にそんなに安いの⁉　都市だとその六倍以上はかかるのに⁉　ま、まさか本当に口に出来る日が来るなんて……！」

エルフのお姉さんの、うっとりした表情。誰よりも早くこの店に訪れるくらいだし、も

しかしたら美食家なのかもしれない。

「では、ご注文はグリフォンのオムレツでよろしいですか？　食器の方は、金属のものとは別に木製のものも用意していますが」

「あっ、エルフだから配慮してくれたのね。ふーん、良いお店じゃない。でも、金属の食器でも構わないわよ。私たち、人里の暮らしが長いからあまり気にしないの」

「かしこまりました。では、ごゆっくりおくつろぎください！」

わたしたちは厨房《ちゅうぼう》に戻ると、リリさんに注文を伝える。

真っ先に声をかけてくれたのは、メイド服姿のニアちゃん。

「お客さん、来てくれたの？　……良かったね、アリカおねーちゃん」

その優しい声を聞いた途端、全身から力が抜けたわたしを、シルヴィアが支えてくれた。

「すごいね、アリカちゃん！　本当に店員さんみたいだったよ？」

「あはは……すごく緊張しちゃった。でも、お客さん来てくれて良かったね。わたしたちのメイド服も、可愛いって言ってくれたし」

「し、しかし……この服は少し、露出が過ぎると思うのです」

そう恥ずかしそうにそわそわしたのは、猫耳メイドと化したカナン。

「こんなに短いスカートだと、足がすーすーして落ち着かないというか」

「そうなの？　……そっか、この服装って普通の女の子は恥ずかしいんだ……」

「あの、シルヴィア。納得されても困るのですが……」

「あはは。シルヴィアって、家だともっと恥ずかしい格好してたもんね。……でも、カナンもたまには可愛《かわい》い服も良いと思うよ？　とっても似合ってるもん」

「……そ、そうでしょうか？」

けど、こんなに和気藹々《わきあいあい》とするなんて、さっきまで不安になってたのが嘘《うそ》みたい。みんな、お客さんが来てほっとしたんだろうな。

しばらくして、リリさんは汗が浮かんだ笑顔でわたしたちに振り返ると、

「グリフォンのオムレツ、出来たよ。誰か運んでくれる？」

「うん。じゃあ……ララちゃん、お願い出来るかな？」

「アリカちゃん……？　そ、そんな大切な料理、ララが運んでもいいんですか？」

「もちろんだよ。大切だからこそ、ララちゃんじゃなきゃ駄目だと思うんだ。……『狼《おおかみ》の食卓』は、リリさんとララちゃんのお店だもん」

ララちゃんは、目を丸くしてわたしを見つめて……真剣な表情で、ぐっと両手を握る。

「はいっ！　ララ、精一杯おもてなししてきます！」

黄金みたいな鮮やかな色をしたオムレツを持って、お客さんの許《もと》へと行き――その直後、

「いらっしゃいませーっ！」と厨房《ちゆうぼう》まで響く、ララちゃんの元気な声。

また、新しいお客さんが来てくれたんだ。

こんなに早く次の人が来るなんて……そうびっくりしながらも、わたしは嬉《うれ》しくて仕方なくって、みんなを振り返る。

「ねえ。……今度は、誰がお客さんをお迎えしよっか？」


その光景は、わたしたちにとってまるで夢みたいだった。

だって、この前まで潰れそうだった『狼の食卓』が……空いてる席が一つもないくらい、満員御礼だったんだもん。

「リリさーんっ！　マタンゴのクリームシチュー四人前、入りましたーっ！」

厨房で呼び掛け、「あいよっ！」とリリさんの返事。

フロアに戻ると、まるで宴《うたげ》のような賑《にぎ》やかさだった。歓声や感嘆の声に満ちていて、種族はバラバラなのにみんな幸せそうに料理を食べている。

「いらっしゃいませ。ご注文は如何《いかが》なさいますか？」

ふと聞こえてきたのは、シルヴィアの丁寧で優しい声音。見れば、シルヴィアは狼人族《ろうじん》の若い男女に接客をしているみたいだ。

……あれ？　でもあの男の人、何か顔が赤いような……。

「え、えっと、このチーズピッツァを二人分ください。……スリープシープのチーズを使ってるなんて、珍しいですね」

「そうなんです！　口の中で溶けるみたいで、とてもおすすめなんですよ？　……そちらの美しい女性は恋人の方ですか？　是非、素敵なひと時を過ごしてください」

「は、はいっ！　こちらこそ、また絶対に来ますので！　……いてっ、いててて！　お、おい、耳を引っ張らないでくれよ、痛いって……！」

「……さっきから、ずーっとあの女の子見てたよね？　あんたがデレデレしてんの、分かってるんだからね？」

シルヴィアが去った途端、女の子にぎゅ～っと耳を引っ張られる青年。

まあ、男の人の気持ちも分かる。シルヴィアってば胸が大きいから、メイド服の破壊力半端ないもん。あんなの、種族の壁なんて関係なく一発でノックダウンですよ。

あんな可愛《かわい》い女の子が実はスライムだなんて、きっと誰も気づかないだろうなあ。

「いらっしゃいませ！　お客様、こちらのテーブルへどうぞ」

わたしは、入店したドワーフのお爺《じい》さんを席まで案内する。

立派な白髭《しろひげ》をしたお爺さんは、孫でも見るような優しい眼差《まなざ》しで、

「ありがとう、お嬢さん。……しかし驚いた。まさか、君みたいな女の子までお手伝いしているなんて。小さいのに偉いんだね」

「いえいえ、そんなことないです。……お爺さんは、わざわざこの村まで料理を食べに来てくれたんですか？」

「ああ、そうだよ。魔物の料理が食べられると聞いてね。いつの間にか、この村も変わっていたんだね。この村の特産品は、全て都市に流れるとばかり思っていたんだ。……こんなに素敵な店なんだ、老体に鞭打《むちう》って遠路はるばるこの村まで来た甲斐《かい》があった」

「お爺さん、そんなに遠くから来たんですか？　……じゃあ、宿屋さんがあったら、もっと楽になりますよね？　無理に日帰りすることもなくなりますし」

「ふむ。確かに、それはとても助かるが……」

「分かりました！　じゃあ今度、宿屋についてみんなと相談してみますね」

「ははは、気持ちだけ受け取っておくよ。子どもの君には難しいだろうからね。……しかし、余所者《よそもの》のために村を変えようとしてくれるなんて、まるで村長さんみたいだ」

「……えへへ。ありがとうございます」

わたしが照れ笑いを浮かべていると、別のお客さんが手を振って、

「すみませーん。どなたかお会計お願いします」

「あっ、はーい！　ただ今伺います！　……じゃあ、ゆっくり食事を楽しんでくださいね。今度来るときまでに宿屋さんが出来るよう、頑張りますから！」

お辞儀をして、わたしは別のお客さんの許《もと》へと急ぐ。

けど、たくさんお客さんが来てくれるのは嬉《うれ》しいけど、まさかこれほどとは。

目が回るような忙しさのなか、わたしは空いたお皿を厨房《ちゅうぼう》へと運ぶ。

そこにいるのは、木の桶《おけ》で食器を洗うニアちゃんだ。桶の中ではピュアスライムのキラリが水を綺麗《きれい》にしてくれているから、食器はぴかぴかだ。

「お疲れ様、ニアちゃん。これもお願い出来るかな？」

「うん、いいよ。……お客さん、みんな食いしん坊さん。ニアだったら、半分くらいでお腹《なか》いっぱいになっちゃいそう」

「あはは、そうかもね。ニアちゃんはまだ女の子だもん。……でも、ごめんね。せっかくのメイド服なのに、お客さんに見てもらえないなんて」

「ううん、いいよ。ここにはキラリもいるから。……それに、こんな綺麗な服を着れるだけでニアは嬉《うれ》しい。アリカおねーちゃんとお揃《そろ》い、だね？」

「……うん、そうだね」

それは、もはや本能的な行動だったのだと思う。

愛《いと》しさやら切なさやらが爆発寸前で、気が付けばわたしはニアちゃんを抱きしめていた。

「……おねーちゃん、どうしたの？」

「わたしにもよく分からないんだ。ただ、無性にニアちゃんのことぎゅっとしてあげたかったから。迷惑、かな？」

「ううん、そんなことないよ。アリカおねーちゃんのぬくもりは、いつだって好き」

ニアちゃんは、くー、と気持ち良さそうに目を細めて……そんなときだ。

ばたばた！と。突然、ララちゃんが厨房《ちゅうぼう》に駆け込んで来た。

「た、大変です大変です！　お客さんが――あ、アリカちゃん!?　ど、どうして幸せそうにニアちゃんを抱きしめてるんですか……？」

「えっ？　ああ、気にしないで。ちょっと癒《いや》されてただけだから」

わたしは、名残惜しそうにするニアちゃんから離れると、

「それよりどうしたの？　大変って、何かトラブルでも？」

「そ、そうでした！　あの……お店に入れないお客さんが、たくさんいるんですっ！」

「……えっ？」

思いがけない言葉にぽかんとしたのは、一瞬だった。

わたしは急いで厨房から外に出ると、お店の裏から入り口を眺めて……唖然《あぜん》とした。

ついこの前まで、潰れる寸前だった『狼《おおかみ》の食卓』の前に――何十人っていう異種族の人たちが、行列を作っていた。

「う、嘘《うそ》でしょ!?　これ、全員食事を待ってる人たちなの……？」

お客さんが来てくれれば良いな、と思ってたのは本心だ。もしかしたら満席になったりして、なんて仄《ほの》かな期待を抱いてたのも認める。

けどまさか、行列が出来るなんて、完全に予想外だった。

そして、どうしてこんなにお客さんがいるのかも、すぐに理解した。

手伝いに夢中で全然気づかなかったけど……空はもう、夕暮れになっていたのだ。

「も、もうこんなに時間が経《た》ってたの？」

でも、夕方ということはつまり……夕食を求める人たちが大勢来る、料理店にとって最も忙しい時間帯だってこと。

『狼《おおかみ》の食卓』にとっては、ここが正念場なんだけど……。

わたしが頭を悩ませていると、ララちゃんが慌てた顔で、

「あ、あんなにたくさんのお客さんがいたら、ずっとご飯を食べれない人もいますよね……？　そ、そんなの嫌です！　ララは、ララはどうするべきですか⁉」

「……うん、そうだね。せっかく来てくれたんだもん、絶対に何とかしなきゃ」

とりあえず、少しでも料理を早く出せるように、わたしたちの誰かがリリさんのお手伝いをするべきだと思う。でも、そのためには店員の数が少なすぎるよね。

じゃあ、村人に声をかけて手伝ってもらうのが……いや、ちょっと待って。

ひょっとしたら――わたしたちだけで、何とかなるかもしれない。

ラフィール村に相応《ふさわ》しい、他の村じゃ絶対に出来ないアイディア。

「ララちゃん。ほんのちょっとだけ、お店のみんなを集めてもらっても良いかな？　……みんなに相談したいことがあるんだ」

まあ、お客さんが受け入れてくれるかは、賭けになるのだけれど。

結果から言えば、わたしの提案は採用されて……えっと、正直に申しまして。

もしかしてわたしは、とんでもないミスをしてしまったのかもしれません。

だってさっきから、厨房《ちゅうぼう》に届くくらい、お客さんの驚いた声がするもん。

「う、うわっ！　スライムが料理を運んできた⁉　す、すごいなあ。スライムって、こんなに賢かったんだ……」

……まあ、びっくりするのも当然なんだけど。

誰だって、スライムが頭に料理を乗せて持ってきたら、そんな反応するよね。

これが、わたしが思いついたアイディア――『隷属』のスキルで魔物にお願いして簡単なお手伝いをしてもらうこと、だった。

わたしが何とも言えない気持ちで野菜の皮を剥《む》いていると、隣で料理の盛り付けをしていたシルヴィアが顔を上げて、

「うん、出来たっ！　アリカちゃん、この料理もお願い！」

「う、うん。じゃあみんな、これ三番テーブルのお客さんまで運んでくれるかな？」

傍《そば》にいたマタンゴたちは、はーい、とばかりに両手を上げると、集団で料理を持ち上げて、厨房を出て行く。

そして、お決まりのように聞こえる、「うわっ、魔物っ⁉」っていうお客さんの声。

これ、喜んでる……のかな……？

「ね、ねえ、シルヴィア。……やっぱり、迷惑、だったのかな」

「アリカちゃん、いきなりどうしたの？」

「だって、お客さんたち困ってるみたいだから。その……魔物にお手伝いしてもらうの、間違ってたのかなって」

「あはは。元気ないなって思ってたけど、そんなこと心配してたんだ。……アリカちゃんのおかげですごく助かってるんだよ？　接客したり、料理を運んだり、食器を洗ったり。魔物たち、大活躍なんだもん」

「で、でも、さっきからびっくりした声が聞こえっぱなしだし……」

「不安になる気持ちは分かりますが、それは思い違いですよ。……厨房《ちゅうぼう》にいるアリカは分からないかもしれませんが、皆さんは喜んでくれていますから」

振り返れば、そこにはカナンがいた。

「よ、喜んでくれてるって……本当に？」

「スライムもマタンゴも、決して人には懐かない魔物ですからね。お客さんにとっては新鮮な体験のはずですから。……それに、ラフィール村らしくて私はとても好きですよ？」

カナンは、まるでお姉さんみたいな優しい微笑《ほほえ》みを浮かべて、

「ラフィール村は、異種族と魔物が共存する村、ですから。……やっぱり、アリカはこの

村の村長ですね。魔物に手伝ってもらうなんて、あなたにしか出来ませんから」

「……うん、ニアもそう思う。もしお客さんが少しでも魔物を好きになってくれたら、ニアはとっても嬉《うれ》しいよ？」

ニアちゃんは、わたしをじっと見つめながら、

「だから、そんな顔しないで？　おねーちゃんは笑ってる方が似合ってるもん」

ほんの一瞬だけ頭が真っ白になって……直後、胸の奥からあたたかいものが込み上げる。

もし、わたしが少しでも力になれたのなら。迷うことなんて何一つない。

「……うんっ！」

衝動に駆られるように、わたしはみんなに思いっきり叫ぶ。

「みんな、もう少しだけお願い。……最後まで、一緒に頑張ろっ！」

直後、みんなは呼応するように、「おーっ！」と声を響かせる。

『狼《おおかみ》の食卓』の長い一日は、もうすぐ終わりを迎えようとしていた。

まるで、さっきまでの喧騒《けんそう》が嘘《うそ》みたいだった。

見渡す限りのテーブルには誰もいなくて、『狼の食卓』にいるのはわたしたちだけ。

でも、あんなにお客さんが来てくれたのは、夢じゃないんだよね。

だって、みんな笑っちゃうくらいくたくたになってるんだもん。

「うわー、世界がぐるぐる回ってる……。本当に良かったね。料理を食べれないお客さん、いなかったみたいだし」

「ええ、ほっとしました。……まさか、オリハルコンの包丁に釣られてあれほど冒険者が来るなんて。鍛冶屋のデュラハンのことを話したら、皆さんびっくりしてましたよ？　この村にオリハルコンを打てる魔物の職人がいるなんて、って」

「そうなの？　……そっか。少しずつ、ラフィール村も認められるのかな」

自分でも不思議だった。

まさか、ラフィール村を褒《ほ》められることが、自分のことのように嬉《うれ》しいだなんて。

そんなとき、厨房《ちゅうぼう》の奥から現れたのは、リリさん。

「みんな、今日は本当にありがとう。どれだけ感謝してもしきれないけど……良かったら、これどうぞ。みんなお腹《なか》ぺこぺこでしょ？」

「……えっ、これって――」

リリさんがわたしたちのために作ってくれた料理。

それは、グリフォンの卵のオムレツ、だった。

「り、リリさん、良いの？　これ、このお店で一番貴重な料理だよね……？」

「アリカちゃんたちのために一つだけ取っておいたんだ。あんなに頑張ってくれたんだもん、これくらいしないと申し訳ないよ。だから、遠慮しないで食べて？」

「うわあ、ありがとうございます！」

これが、シルヴィアが大絶賛したグリフォンのオムレツ……！

わたしたちは、目をきらきらと輝かせて……ふと、無表情のニアちゃんが気になった。

「ニアちゃん、どうしたの？　あんなにグリフォンの卵、楽しみにしてたのに」

「……ララ、起こしてあげた方が良いのかな？」

ニアちゃんが見つめるのは、遠くのテーブルで毛布を枕にすやすやと眠るララちゃん。

疲れてるだろうしそっとしてあげてたんだけど、この料理はララちゃんも食べたいだろうし……そう考えていると、リリさんが快活に笑って、

「ララのこと気にしてくれるんだね。でも心配しないで、ララの分も残してるからさ。……あの娘《こ》もまだ小さいのに、本当に頑張ってくれたしね」

「うん、ニアもそう思う。……ララ、気持ち良さそう。良い夢見てるのかな？」

「そうだね。だって今日は、ララちゃんにとって特別な一日だったんだもん。リリさんも本当にお疲れ様。これからもリリさんの料理、楽しみにしてるね？　……それと、本当に良かったね」

わたしは、微笑《ほほえ》みながらリリさんに口にする。

「もう、ララちゃんが閑古鳥を探さなくても良いんだもん」

「……うん、そうだね」

リリさんはとても素敵な笑顔を浮かべて——その瞳には、涙が浮かんでいた。

「あ、あれ……？　な、何でだろ、我慢しようって決めてたのに……さ、さてとっ！　それじゃあ、明日の仕込みでもしよっかな！」

慌てて厨房《ちゅうぼう》に戻ったリリさんに、わたしはつい頬《ほお》が緩んで……思わず固まってしまう。

だって、シルヴィアまで今にも泣き出しそうなくらい、涙ぐんでるんだもん。

「ぐすっ……リリさん、ララちゃんのこと心配だったんだね……。良いなあ、姉妹って」

「し、シルヴィアは意外と涙もろいんですね……。しかし、今は笑顔の方が二人も喜ぶと思いますよ？　わざわざ料理を作ってくれたんですから」

「……うん、カナンちゃんの言う通りだよね！　じゃあ、いただきますっ！」

わたしたちは手を合わせてから、オムレツを口にして……シルヴィアの言葉は真実であったと、心の底から思う。

今まで食べてきた卵とは比べ物にならないほど、クリーミィな味。一口食べる毎《ごと》にあまりの酩酊《めいてい》感にくらくらして、気を失うんじゃないかって本気で思ってしまう。

シルヴィアも、ニアちゃんも、カナンまで幸せそうな笑顔を浮かべてて——自分でも不思議なくらい、強く思う。

これがルームメイトたちと、それに村人みんながいたからこそ味わえた幸福。

裏ダンジョンに閉じこもっていたら、永遠に知らなかった時間。

「ん～……っ！　ラフィール村、最っ高――――っ！」

わたしはラフィール村の中心で、心の底からそう叫ぶのだった。


どうやら、リリさんとララちゃんがゆっくり出来るのは、当分先のことらしい。

「うわ～、すごいなあ。もうお客さん並んでる」

翌日の午前中、『狼《おおかみ》の食卓』に行ってみると開店前なのにもう数人のお客さんがいた。

嬉《うれ》しいことに、中には昨日来てくれたお客さんまでいて……ん？

ふと、やけに怪しい格好をしたお客さんが目についた。

頭からすっぽりフードを被《かぶ》っていて、肩から足の先までマントを羽織っててすごく歩きづらそう。しかもやけにそわそわしてて、まるでお尋ね者みたい……あれ？

ちょっと待って。ちらりと見えたあの顔、すごく見覚えあるんですけど……。

「あの、すみません。ちょっといいですか？」

わたしが声をかけると、その人はびくりと震えて、

「な、ななな何ですか⁉　私は食事を楽しみに来た平凡な一般庶民ですけど⁉　文句があるなら出るとこ出ましょうか⁉」

この声……うん、間違いない。

「ここじゃ他の人の迷惑になりますから、あっちでお話ししましょっか？　はい、こっち

に来てくださいねー」

「ふ、ふふん！　腕を引っ張ったって無駄ですよ、私みたいな大人が力負けするはずが……って、幼女なのに腕力ヤバいですね⁉　すみませんすみません私が悪かったです！　謝るので許してください～！」

わたしはずるずると引きずって、『狼《おおかみ》の食卓』の裏まで連れて来る。

そして、正座をするその人に溜《た》め息《いき》をつくと、

「久しぶり、だね。……わたしのこと覚えてる？」

「えっ……ああっ！　あ、あなた、カナンさんと一緒にいた幼女じゃないっ！」

フードを外し、やっぱりね、と内心で呟《つぶや》いた。

思った通りその女性は……『フラタの森』で会った、兵士のお姉さんだった。

「あ、あなた、ラフィール村に住んでたの？　じゃあ、唯一この村に暮らしてる人間って、もしかして……！」

「あっ、じゃあ掟《おきて》のこと知ってるんだ。なら話は早いね。……ねえ、お姉さん。来てくれたのは嬉《うれ》しいけど、この村は人間は来ちゃいけないことになってるんだよ？」

「うっ……わ、私が人間だっていうの、内緒にしてくれないかしら？　ねっ？」

「うーん……。そんなに、『狼の食卓』に来たかったの？」

「もちろんよ！　だって――あのカナンさんが、メイド姿で接客してくれるんだもん！」

……あー、なるほど。そういうことね。

っていうか、一晩しか経《た》ってないのにもう噂《うわさ》になってるやないかーい。

呆《あき》れるわたしに、お姉さんはうっとりとしたように手を組んで、

「信じられる⁉　だってメイド服ってことは、客である私はご主人様みたいなものじゃない！　つまり、あのカナンさんが誠心誠意ご奉仕してくれるってことよね⁉　ああ、尊い！　尊すぎて気絶しちゃいそうだわ！　ね、ねえ、私がたくさん注文したらカナンさん喜んでくれるかしら？　うふ、うふふふふ……！」

「カナンなら今日はお休みだよ？」

「帰るわ」

「そんなにあっさり手のひら返すの⁉　料理も楽しみにしてくれてると思ったのに！」

「まあ、食べてみたいって気持ちはあるけどね。魔物の食材を使った料理なんて滅多《めった》に食べれないし。でも、私がここにいたらまずいんでしょ？」

「……うーん、そうなんだよね」

「あんな素敵なお店があるのに……本当に残念よね」

わたしもそう思う。ラフィール村の料理を食べたいって言ってくれる人だっているんだもん、お姉さんががっかりする気持ちだってすごく――。

「この村も、もうすぐ廃村になっちゃうんだもん。あんなにお客さんがいるのも、これが最後になるから、って分かってるからよね。……本当に残念だな」

…………えっ？

「ちょ、ちょっと待って！　廃村って、それどういうこと⁉」

「えっ……あ、あなた、知らないのっ⁉　そのせいで都市は大騒ぎなのよ？　そっか。きっとまだ、この村には伝令が届いてないのね」

そして、お姉さんは口にする。

わたしにとって、そしてこの村に暮らす人々にとって、予想すらしていなかった一言を。

「あなたたちは――この村を捨てて、何処《どこ》か遠い場所に逃げなきゃいけないのよ？」

都市から来た獣人族の伝令さんがわたしの家を訪れたのは、そのすぐ後だった。

領主様がこの辺り一帯に避難勧告を下したため、住民は非常事態に留意し安全区域まで退避すべし……伝令さんの言葉を簡単に纏《まと》めると、そんな内容だった。

そして、どうしてわたしたちが村を捨てて逃げなきゃいけないのか。

それは――『狂獣の眠る墓』のダンジョンボスが、目を覚ましたから。

かつて魔王が従えていた魔物が、迷宮の外に出ようとしているらしいのだ。

五章　幼女村長と始めるスローライフ

村人たちが集まった広場は、どんよりとした空気に包まれていた。

空は澄み渡るほどの青空なのに、呑気《のんき》な顔をする人は一人もいない。カナンはある理由でこの村を離れてるけど、ここにいたら似たような顔をしていたと思う。

それも当たり前、か。

わたしたちが直面してるのは、ラフィール村始まって以来の大事件、なんだから。

「しかし、村を捨てろ、ねえ。……冗談きついぜ、まったく」

アリアルさんが、俯《うつむ》きながらぽつりと呟《つぶや》く。

わたしが伝令さんの言葉を伝えてから、みんなこんな感じだ。村人たちは不安や恐れの言葉を口にしていて、まるで村全体がさざめいているみたい。

それでも、わたしは空元気を出すように、

「でも、まだみんなで逃げるって決まったわけじゃないよ？　さっきも言ったけど、都市の軍隊さんがその魔物を倒してくれるかもしれないもん」

「そうだけどよ、あの高難易度ダンジョンのボスだろ？　そう簡単に討伐出来るもんかな。アリカは、その魔物について何か知らないのか？」

……実を言えば、それも伝令さんから教えてもらってある。

「えっと――ベヒーモス、っていう魔物みたいなんだけど」

「――はああああああああああっ!? べ、ベヒーモスって、マジかよっ!? あ、あの魔物、まだ生きてたのか……？」

「アリアルさん、知ってるの？」

「あ、ああ、まあな。俺も伊達《だて》に長生きしてねえから。何しろもう二〇〇年もこの村で暮らしてるんだ、噂《うわさ》くらいは知ってるよ」

「えっ、アリアルさんってそんなにおじさ――おじ様だったの？」

「気を遣って丁寧に言い直してくれたのは有難いが、おじさんって言葉自体を避けてくれるともっと嬉《うれ》しかったな」

アリアルさんは困ったように頭をかくと、

「そのベヒーモスは多分――五〇〇年前、この大陸で暴れ回った魔王の配下だ」

「……えっ？」

わたしが呆気《あっけ》に取られたときだ。村人のみんながどよめいた。

「それってまさか、大昔に人類を滅ぼそうとしてたあの魔王……!?」

「た、確か、そいつのせいで数百年前までこの辺りって、人も魔物も住めない土地になったんだよな？ あの噂、本当だったのか……？」

そんな村人たちの喧騒《けんそう》の中で、アリアルさんは静かな口調で、

「しかも、ベヒーモスは魔王直属の部下だったらしい。強さだってそれ相応だろうよ。……あのダンジョンの攻略を制限するはずだぜ。そんなヤバい魔物が眠ってたんだから」

もし、魔王の配下だったベヒーモスが迷宮の外に出れば、この地一帯は数百年前と同じ惨状になる。その可能性は、限りなく高い。

「……でも、どうしてなんだろうネ」

そう口にしたのは、ゴーストであるアイテム屋の店主さん。

「どうして、その魔王の部下は今更迷宮の外に出ようとするんダロ？　だって、五〇〇年もあのダンジョンに引きこもってたんだよネ？」

「……それはわたしも思うけど、原因については分からないみたい。伝令さんは、偶然としか考えられない、って言ってたけど」

わたしは精一杯冷静を装いながら、

「わたしたちは直前まで様子を見ようって決めてるけど……近くの人里だと、疎開を始めてる人もいるみたい。安全区域の村や街には、避難する人を受け入れる準備が出来てるから、そこに逃げるんだって」

「……疎開、ねえ」

アリアルさんが口にして、広場はしんと静まり返る。

疎開をした人たちの判断は本当に正しいと思う。みんなだって、今すぐ安全な村まで行きたいはず……なのに、誰一人として逃げようとは言わなかった。

その理由が、村長であるわたしには痛いくらい分かる。

だって——ここにいるみんなは、ラフィール村以外で暮らすことが出来ないから。

それぞれの事情を抱えた異種族であったり、人間と同じ知能を持った魔物であったり。

彼らは平凡な生活を求めて彷徨《さまよ》い歩き、そしてこの村に辿《たど》り着いた。

普通の人間ならば、迎え入れてくれる村や街があるかもしれない……でも。

目の前のみんなは、この村以外に逃げ場所なんてないんだ。

だからこそ、誰もが絶望したように口を閉ざしていて——その静寂を破ったのは、シルヴィアの優しい声音だった。

「……もしも、ですよ？　もし、ベヒーモスさんが迷宮の外に出ちゃったら、ですけど」

シルヴィアは、お姉さんみたいに、にっこりと笑う。

「その時は、みんなで一緒に逃げましょう。恥も外聞もなく、みっともないくらい遠くまで。それで——みんなで、新しい村を作りませんか？」

村人のみんなも、それにわたしも。シルヴィアの言葉に目を丸くした。

アリアルさんは、かたかたと骨を震わせながら、

「あ、新しい村を作るって……それ、マジで言ってんのか？」

「はい、マジですよ？　何処《どこ》にも逃げる場所がないなら、作っちゃえばいいんです。家も

料理店も広場も魔物の飼育場も、全部ゼロからやり直しましょう」

「……じゃあ、ニアはお菓子屋さんが欲しいな」

ぽつりと口にしたのは、いつもの無表情を取り戻したニアちゃん。

「アリカおねーちゃん、言ってたよ。この世界にはニアが知らない美味《おい》しいお菓子がたくさんあるって。だからね、そんなお店があったら良いなって。……もし新しい村を作るなら、ニア、いっぱい頑張るよ？」

「……二人共、あっさり言うよなあ。それ、すっげーしんどいんだぜ？」

そうアリアルさんは口にして……でも、どうしてかな。

スケルトンだから表情なんて分からないけど、アリアルさん、笑ってる気がした。

「でも、そうだよな。……うしっ！　じゃあ、最悪の事態に備えて準備だけはした方がいいかもな。とりあえず、可愛《かわい》い魔物たちのつがいを選んどかねーと」

「……アリアル。それ、本気で言ってるのカイ？」

店主さんの言葉に、アリアルさんはぐっと骨だけど親指を立てると、

「おうよ。うじうじしてたって始まんねえからな。村が無事ならそれが最高だけどよ、俺たちが生きてりゃ何とかなるさ。このラフィール村だって、元は荒地、から……」

アリアルさんが、言葉を失ったみたいに口をつぐむ。

きっと、アリアルさんも気づいたんだ。……誰かが、嗚咽《おえつ》を零《こぼ》してることに。

みんなは泣き声の主を探すみたいに振り返り――そこにいるのは、狼人族《ろうじん》の女の子。

ぽろぽろと大粒の涙を流す、ララちゃんだった。

「ご、ごめんなさい。ララ、こんなつもりじゃなかったのに……アリカちゃんよりお姉さんだから、泣いちゃ駄目って思ってたのに……！」

「……ララちゃん」

そのわたしの呟《つぶや》きが、果たしてララちゃんに届いたかどうか。

「ララは、ララはこの村が大好きです。ララとは違う種族の人も、魔物さんだっていますけど、みんな優しい村人さんばっかりなんです。この村には、たくさんの思い出があって。これからもずっと、この村で暮らしていくんだって……だから、だから……！」

まるで想《おも》いが溢《あふ》れるような、止めどない言葉。

リリさんに頭を撫《な》でられながら、ララちゃんは何度もしゃくりあげて、それでも必死に言葉を紡ぐ。

「ララは、嫌です。……ラフィール村を捨てるなんて、出来ません……っ！」

それが、最後の言葉だった。

頬《ほお》を流れる涙をそのままに、ララちゃんはただ嗚咽《おえつ》を零《こぼ》すだけ。その姿は、抱きしめたいくらいにいたいけで――わたしは、精一杯の微笑《ほほえ》みを浮かべた。

「ごめんね。ララちゃん、怖がらせちゃったみたいだね。……きっと大丈夫だよ。都市にいる大人のみんなは、とっても強いんだよ？　ベヒーモスなんてあっさり倒しちゃうはずだもん」

わたしは、ララちゃんの頭を優しく撫でながら、

「だけど、悲しいのは分かるから今は泣いてもいいよ。……きっといつか、このラフィール村でまた笑えるはずだから。そうなったら、また思い出をたくさん作ろうよ」

「……はい」

ララちゃんは、いつまでもいつまでも、涙を流していて……だからこそ、改めて思う。

ラフィール村の村長として――この村は、絶対に守らなきゃ。

夕方のリビングでは、とととと、っていう包丁の小気味良い音がしていた。

ちなみに、この犯人はキッチンにいるシルヴィアとニアちゃんだったりする。

「わ、わあ！　ニアちゃん、お皿洗いだけじゃなくて料理もセンスあるね！　うん、これは将来、絶対に良いお嫁さんになるよ！」

「そう？　ありがと。……でも、お嫁さん、ってなに？」

「えっと……好きな人と一緒に住んで、料理とか洗濯をしてあげること、かな？」

「そうなんだ。じゃあ、ニアはアリカおねーちゃんのお嫁さんになる」

「……う、うん、そうだね！　そういうことにしとこっか！」

ひたすらキャベツの千切りをしてるけど……二人共、無理に明るく振る舞ってるみたい。

きっと、何かしていないと落ち着かないんだろうな。

新しい村を作れば良い、って言ってたけど、やっぱり心の底じゃ不安だったんだ。

でも、このままだとあの大量のキャベツが今夜のおかずになるのでは……？　そう不安に思ったとき、カナンが帰宅した。

「ただいま戻りました。……やはり、都市の冒険者ギルドは大騒ぎでしたよ。何しろ、ベヒーモスを討伐せよ、なんて無茶苦茶《むちゃくちゃ》なクエストが出てますからね。私も、知り合いの冒険者にパーティを組まないかと誘われるほどです」

「やっぱり、そんなに高難易度のクエストなんだ。……それで、都市の軍隊さんたちは、どうするつもりなの？」

「明朝に、冒険者ギルドと協力してダンジョン近くに駐屯地を設営するようです。……急がなければ、ベヒーモスが侵攻を始めるかもしれませんからね」

そっか。じゃあ、『狂獣の眠る墓』に行くなら、今夜しかないみたい。

わたしは、準備をするために部屋に戻ろうとして……。

「ベヒーモスの討伐に行くんですか？」

ぎくり、とわたしは石のように固まった。

「……えっと、カナンって心を読むスキルでも持ってるの？」

「そんなの無くても分かります。……アリカはレベル99の、最強幼女なんですから」

それまでキャベツを千切りしていたシルヴィアが、驚いたように、

「えっ……あ、アリカちゃん、そんな危険なことしようとしてたの？　そんなの一言も言ってなかったよね？」

「そんなの言えないよ。ベヒーモスを倒してくる、なんて言っても絶対止められるでしょ？　それに、これ以上みんなを不安にさせたくなかったから」

「……恐らく、それが最善なんでしょうね。『狂獣の眠る墓』を完全踏破したパーティは、歴史上皆無ですから。軍隊を率いてる騎士だって、本気でベヒーモスを倒せるなんて考えていないはずですし」

「うん。だから、わたししかいないのかなって。……本当は、行きたくないんだけどね」

「気持ちは分かります。いくらアリカでも、相手がベヒーモスではやはり怖いですよね」

「怖いっていうか、嫌なんだ。だって魔王の配下なんだもん。どれだけ戦っても降参しないかもしれないし、そうなったら……わたしは、ベヒーモスを倒さなきゃいけないから」

「それは、まさか……ベヒーモスの命を奪いたくない、ということですか？」

「……うん」

わたしの言葉に、みんなは言葉を失《な》くしていた。当然だ、どれだけ甘い考えをしてるのか、わたしにだって分かってる。

でも、わたしにとって魔物は、互いを支え合う存在なんだ。生きるためでもないのに争いの果てに命を奪うようなことは、悪い魔物であろうとしたくない。

本能のままに人を襲う魔物もいるけれど、魔物と共存することだって出来るはず——それは裏ダンの魔物の娘だからこそ、そしてラフィール村の村長だからこそ強く思う。

『隷属』のスキルで説得出来たら、それが一番良いんだけどね。でも、わたしの『隷属』は本来のスキルほどの強制力はないみたいだから。やっぱり、戦いは避けられないと思う」

しん、と室内は静まり返って……シルヴィアの、優しい声色。

「……そうだよね。初めからアリカちゃんは、そんな女の子だったもんね。ごめんね。村を守るために、辛《つら》い思いをさせちゃって」

「アリカおねーちゃんには、ニアもお手伝いした料理、食べて欲しいな。……だから、無事に帰ってきてね？」

「……うん、ありがと。じゃあ、行ってきます」

わたしは扉の取っ手に手をかけて……おもむろに、みんなを振り返る。

「それと、わたしの後をついてくるなら、こそこそとじゃなくて堂々とした方がいいと思うよ？　……みんな、『狂獣の眠る墓』に来るつもりだったんでしょ？」

ぎくり、とみんなは石のように固まった。

「……えっと、アリカちゃんって心を読むスキルでもあるの？」

「そんなの無くても分かるよ？　だって、みんなちっとも止めないんだもん。一緒に行くって言っても断られると思ったから、内緒でついてこようとしてたんでしょ？」

「……っ！　そ、そんなの当たり前じゃないですか！　だって、ベヒーモスですよ!?」

カナンの張り上げた声がきっかけだった。

みんながぐいぐいとわたしに詰め寄る。

「確かにアリカは、私より圧倒的に強いかもしれません！　でも、私だって何度も魔物を倒してきたんです！　ちょっとは頼りにしてくれたっていいじゃないですか、もうっ！」

「う、うんうん！　私だってスライムだし、何か力になれると思うな！　えっと、たとえば……抱き心地には自信あるよっ！」

「ニアもお手伝いするよ？　魔法、ばんばん使うよ？　出血大サービスだよ？」

……みんな、ここぞとばかりに自己アピールするなあ。

それだけ、わたしのこと心配してくれてるんだろうな、きっと。

「じゃあ、お願いしよっかな。でも、無理は絶対に駄目だよ？」

「いーえ、これだけは譲れません！　アリカがいくら断っても――えっ？　あ、アリカ？

そんなにあっさり認めてくれるんですか……？」

「本当はお留守番してて欲しいんだけどね。……でも、今回ばっかりは負けられないから」

遠くに逃げて新しい村を作れば良い。もしわたしがただの女の子なら、きっとそうしていたと思う。……でも、この村を守れるなら、それが一番良いに決まってる。

あの時、ララちゃんが泣きながら口にした、ラフィール村を捨てたくないという言葉。

それは、村人のみんなも、そしてわたしも同じなんだ。

だから、魔物を倒すのは嫌だけど――ラフィール村を失っちゃうのは、もっと嫌だ。

「じゃあ、みんなで一緒に行こっか？　ルームメイト、だもんね」

わたしは扉に手をかけて……それは、あまりに唐突のことだった。

ずしん、という重い地響きと共に地面が揺れた。

「えっ……？　こ、これ、地震……？」

シルヴィアの慌てたような声。でも、地震にしては違和感がある。

だって、微《かす》かな揺れが一定の間隔で起こってるんだもん。それに地響きだって揺れと同じタイミングで聞こえるし、これじゃまるで誰かの足音のような――。

……足音？

ちょっと待って、これってまさか……！

強烈な嫌な予感に襲われてわたしは家を飛び出し、その揺れの正体に一瞬で気づいた。

どうしてかというと……それ・く・ら・い、巨・大・だ・っ・た・か・ら。

夕焼けに燃える空の下に――巨人と見紛《みまが》うほどの体躯《たいく》をした、四足の獣がいた。

「まさか……ベヒーモス、ですかっ⁉」

カナンの叫びに、わたしはきょとんとしてしまう。

……いやいや、これはちょっと話が違うでしょ。

だって、ベヒーモスならまだダンジョンにいるって言ってたじゃん！

「う、嘘《うそ》でしょ⁉　しかも、明らかにこっちに向かって来てるし！　え、えっと……とりあえず、わたしたちで食い止めなきゃっ！」

「……うん、そうだね。でも、あんなに大きい魔物さん、勝てるかなあ」

こんな非常事態でも、ニアちゃんってマイペースだな……。

そんなとき。後ろから、慌てたようなアリアルさんの声。

「お、おいおいおいおいっ！　冗談だろ、もうベヒーモス来てんじゃねえかっ！　まだ逃げる準備なんて終わってねえぞ⁉」

「あっ、アリアルさん！　丁度良かった、みんなに今すぐここから逃げるように伝えて！　時間ならわたしたちが稼ぐから！」

「はっ……？　そ、そんな危ないことさせられるかよ！　みんなで逃げるって決めたじゃねえか！　あ、アリカが戦うってんなら、俺たちだってやるぞ！　俺だってスケルトンなんだ、幼女に無茶《むちゃ》させるわけにはいかねえよ！」

「そ、そんなの駄目だってば！　村長からのお願いだから、ねっ⁉」

大声で騒ぐアリアルさんを置いて、わたしたちはベヒーモスに向かって駆け出した。

近くに寄れば寄るほど、目の前の魔物がどれほど強大であるか本能で理解出来る。禍々《まがまが》しい二本角に、獰猛《どうもう》な牙。その姿は、まるで陸の王者のよう。

やっぱり、魔王直属の配下だったのは間違いないんだろうな。

こんなに身体《からだ》がひりつくの、裏ダンの魔物と戦闘するとき以来だもん。

隣を見れば、死闘を予期したかのように顔を強張《こわば》らせるカナンとシルヴィア。そして、いつもの無表情を浮かべるニアちゃん。

「ストーップっ！　ここからは、一歩も先に行かせないから」

決意を胸に滾《たぎ》らせて、わたしは思いっきり叫ぶ。

「この先には、わたしたちの大切な村があるの。もし滅茶苦茶《めちゃくちゃ》にするつもりなら……わたしは全力で、あなたを倒すよ」

目の前で、ベヒーモスが立ち止まった。

威嚇も咆哮《ほうこう》もせず、見下ろすようにわたしたちを睨《にら》むのみ。その威圧感に呑《の》まれているのか、カナンたちは言葉を失ったように沈黙していた。

……けど、この状況はとてつもなく危険だ。

ラフィール村が近すぎる。もしここで本気で戦っちゃったら、村にも被害が及ぶかもしれない。そうなったら、村人たちみんなは……！

頬《ほお》に嫌な汗が流れるのを感じ……ぽつりと、シルヴィアが呟《つぶや》いた。

「ね、ねえ、アリカちゃん。……ベヒーモスさん、様子がおかしくないかな？」

「……えっ？」

改めて眺めると、ベヒーモスは微動だにしないままそこにいる。

確かに、シルヴィアの言う通りだ。ベヒーモスに戦う意思があるなら、とっくに襲いかかってくるはず。なのに、さっきからじっと待ったままだ。

もしかして、ベヒーモスは戦うつもりがない？　……そう、思った直後だ。

「嗚呼《ああ》、やはりそうだ。……ここに、いたのか」

信じられないことに、ベヒーモスが喋《しゃべ》った。

しかも、さらに驚きなのは……それは、若い女の子の声、だったんだよね。

あまりのことに呆気《あっけ》に取られていると、ベヒーモスの巨躯《きょく》が光に包まれながら小さくなっていく。やがて、そこに現れたのは――一人の少女。

何処《どこ》からどう見てもそれは、美少女、だったのだ。

呆然《ぼうぜん》とするわたしに元ベヒーモスの少女は歩み寄ると、あろうことか顔を近寄せて、子犬みたいに鼻をくんくんとさせた。

「うむっ！　この匂い、間違えるはずもない！　余は感動に震えているぞ――よもや、悠久の時を超えて巡り合えるなんて！」

「むぎゅ」

それはそれは愛《いと》おしそうに、少女はわたしを抱きしめる。

や、やっぱり、女の子だよね？　たゆんとした胸とか、ちゃんと柔らかいし……。でも、どうしてこんなフレンドリーなの？

ぽかんとしてたみんなは、やっと我に返ったみたい。カナンは慌てたように、

「ど、どういうことですか？　……アリカ。やけに親しそうですが、この少女と知り合いなんですか？」

「う、ううん？　全然存じ上げませんけど？　だってベヒーモスの友達はいないし……」

「なに？　そうか。あのお方から聞いていないのか。……余のことを秘めるなんて、余の主《あるじ》もいけずだな」

しょぼんとしたかと思えば、少女はわたしから身を離して、

「では、改めて紹介が必要だな。余はベヒーモスのリン、である。……ああ、偉そうな口調だが気にしないで欲しい。五〇〇年も迷宮の奥底で王をしていたからな。どうにも直らんのだ」

「ダンジョンの奥底、ってことはやっぱりこの娘《こ》が、『狂獣の眠る墓』のダンジョンボス、ってことなのかな……？」

驚くシルヴィアに、リンは毅然《きぜん》とした笑みで「うむ」と頷《うなず》くと、

「そなたたちはお嬢の近衛《このえ》か？　なるほど。猫人族《ねこびと》に、スライムに、魔族か。そこの幼女

はともかく、他の二人はお嬢を守るには心許《こころもと》ないように見えるが……」

「お、お嬢？　それってもしかして、わたしのこと……？」

「うむ、如何《いか》にも！　これほどまで余の主の魔力の匂いが沁《し》みついているのだ。長年、あのお方の傍《そば》にいたのであろう。……しかし不思議だ。余の主は人間が大嫌いだったはずだが、お嬢のような幼女を拾うなど」

……あれ、何かいま、聞き捨てならない言葉のオンパレードのような気が。

だってリンって、五〇〇年前にいた魔王の配下、だよね？

じゃあ、その主ってもしかして……！

わたしが愕然《がくぜん》としていると、カナンは焦ったように猫耳をぴーんとさせて、

「あ、あの、失礼ですが……リンの主は魔王であったと聞きます。だとすれば、あなたの言葉はまるで、魔王とアリカが共にいた、という風に聞こえるのですが……」

「……？　まさにその通りだが？」

平然とした表情で、リンは口にする。

わたしにとって、そしてカナンにとって衝撃の事実を。

「余の主はかつて魔王として君臨した、冥王・ハデス様である。そして、お嬢であるアリカは——ハデス様の娘、ではないのか？」

『……ええええ――――――――――っ⁉』

夕暮れの空にわたしと、そしてカナンとシルヴィアの絶叫が響き渡る。

ニアちゃんもぽかんと口を開けてるし、一応びっくりしてるのかな、これ。

「し、知らなかった。五〇〇年前に君臨した魔王って、お父さんのことだったんだ……。

そっか、だからお父さん、『隷属』のスキルを持ってたんだ」

以前シルヴィアは、『隷属』のスキルを持つ者は魔王になれると言っていた。

なるほど。お父さんが魔王だったから、わたしが『隷属』を受け継いだんだ。

「待ってくださいっ！　では、アリカの父親は本当にハデスなんですかっ⁉　そ、そんな

魔王と呼ばれるほどの魔物を、お父さん、だなんて……！」

「……余の主《あるじ》を呼び捨てにしたのは、お嬢の近衛《このえ》に免じて聞かなかったことにしてやろう。

運が良いぞ猫娘。本来なら、死に値する行為なのだからな」

不機嫌な顔をしたリンに対して、シルヴィアは困ったような笑顔で、

「……アリカちゃん、強いはずだよ。だってパパが魔王なんだもん」

「アリカおねーちゃんが『闇魔法』を使えるのって、おとーさんのおかげなの？　……す

ごいな。今度、ニアにも教えて？」

「えっ？　でも、ニアちゃんには似合わないと思うし……じゃなくて！　じゃ、じゃあ、

リンさんってお父さんのこと知ってるの……？」

「うむ。とても素晴らしいお方であった。ハデス様に仕えることが出来たのは、余の一生の誉れである。……故に、いつか主の復活を信じ迷宮に籠っておったのだ」

リンは、うんうん、と頷《うなず》くと、

「ハデス様の匂いを微《かす》かに感じた時は、ようやく余の願いが届いたのかと涙を禁じ得なかったほどだ。主を出迎えようと迷宮の外に出たのだが、まさかハデス様の娘と邂逅《かいこう》を果たすとは。こんなに嬉《うれ》しいことはないぞ」

「……アリカ、どうしてでしょう。私は今、とても嫌な予感がしてるのですが……」

うわあ、カナンもなんだ。

だってそれ、間違いなく……わたしとカナンがオリハルコンを求めて『狂獣の眠る墓』に潜ったのが原因だもん。そのせいでリンはわたしを追いかけて来ちゃったみたい。

えーと、つまりですね。

都市の軍隊さんが総出動したのも、近くの村や街が大混乱になったのも、ラフィール村のみんなが村を捨てる決心をしたのも――全部、わたしがきっかけ、らしい。

「じゃ、じゃあ、リンさんって人類を滅ぼすとか、そんな野望を抱いてたりは……？」

「はは、そんなものがあれば迷宮に籠ったりはしない。この世界はハデス様のものだ。余が主の庭を荒らすなど、不遜にも程があるからな」

「ほ、ほんとにっ⁉　……そっか、良かったあ」

　何か、一気に緊張が抜けちゃった。心の底からほっとして、わたしはその場にふにゃ～って崩れ落ちる……そのとき、後ろからどたどたと慌ただしい物音。

　アリアルさんを筆頭に、村人の大人たちがこぞって、わたしたちに駆け寄っていた。

　しかも、剣とか鎧《よろい》とか装備した完全武装モードで、だ。

「お、おーいっ、アリカ！　女子と子どもならもう避難を始めてるぞ！　お、おおお俺たちだって加勢するぜ⁉　あ、ああ、アリカたちが戦ってんだ俺たちだって……あれ、ベヒーモスは？」

「……えっと、何ていうか」

　怯《おび》えながらきょろきょろと辺りを見渡す村人のみんなに、わたしは頭を下げる。

「なんか、ラフィール村は助かったみたい。……その、大変お騒がせしました」

「……えっ、なんでアリカが謝るの？　い、いやいや、それより助かったって……？」

「この女の子、リンさんって言うんだけど……この娘《こ》がさっきのベヒーモス、なんだよね。それで、この世界を滅ぼすとか、そんなの一切ないみたいなんだ」

　きょとんと、と村人のみんなが固まったのは、一瞬だった。

『――やったあああああああああっ!!』

　響くのは、村人たちの大喝采。

どうしてベヒーモスが女の子になるんだよ、って常識的なツッコミがあって然《しか》るべきなんだろうけど、それくらいみんな嬉《うれ》しいんだろうな。

リンは眉を顰《ひそ》めて村人のみんなを眺めながら、

「これは、どういうことだ？　異種族と魔物ばかりだが……」

「そっか、リンは知らないよね。ここにいるみんなは、あの村の村人なんだよ？　ラフィール村っていうんだけど、今はわたしが村長をしてるの」

「村長……？　ああ、なるほど。そういうことか！　流石《さすが》は主《あるじ》のお嬢様だ、人心掌握まで心得ているとはな」

……そうかな。本当にすごいのは、こんな幼女を信じてくれるみんなだと思うけど。

「では、あそこに見える魔物たちは、もしかしてこの村で飼っているのか？　……とても興味深いな。もし良ければ、余にも見せてもらえないだろうか」

「うん、いいよ！　あのね、ラフィール村のモンスターはみんな可愛《かわい》いんだよ。リンも魔物たちと遊んでみる？　スリープシープとか、想像を絶するもふもふ度だよ？」

「む、そうなのか？　……それは、少し戯れてみたいな」

リンが飼育場を見つめていると、シルヴィアがわたしの肩を叩《たた》く。

「リンさんが穏やかな魔物さんで良かったね。村人のみんな、あんなに笑顔なんだもん。

……新しい村を作ることも、なさそうだね」

「……う、うん、そうだね」

でも、シルヴィアの笑顔を見てると、急に不安になってしまう。

だって……まさか、お父さんが魔王だったなんて。

わたしは、人生の半分以上もお父さんと一緒にいたんだもん。たとえ魔王と呼ばれていても、お父さんのことは好きだけど……みんなは、どうなんだろ。

魔王の娘であるわたしのことを、嫌いになるのかな。

……いや、やめとこ。今はただ、ラフィール村の無事を喜ぶべきだと思う。


みんなは、ベヒーモスのリンに興味津々だったみたい。

たとえば、飼育場に向かう道中にシルヴィアは、

「リンさんは、私みたいに魔物から人間の姿に変われるスキルを持ってるんですよね？ずっと気になってたんですけど、服って破れないんですか？」

「ああ、これか。この服は、ハデス様から賜ったわたしの宝物だ。人間の姿になった時だけ身に纏《まと》う効果があるらしい。……本当に、主《あるじ》は部下思いの優しいお方だ。一糸纏わぬままでは、流石《さすが》の余もいささか恥ずかしいからな」

「………。うんうん、恥ずかしいって気持ちよーく分かりますっ！」

今、明らかに変な間があったよね？

そんな風にみんなでお喋《しゃべ》りしながら放牧地まで案内すると、リンは驚いたように、

「すごいな。陽《ひ》も暮れようとしているのに、見張りの兵もなく魔物を放牧しているのか。本来であれば、餌を求めて脱走する危険があるはずだが……」

「アリカおねーちゃんのおかげで、みんな夜でもこうしてお外で遊んでるの。魔物たちが元気になるって、村人さんたち大喜びなんだよ？　おねーちゃん、偉いでしょ？」

尊敬してくれるのは照れるけど、大したことじゃない。厩舎《きゅうしゃ》にいるとストレスが溜《た》まる魔物もいるから、外に出す代わりに夜は静かにしてね、ってお願いしてるだけだ。

わたしたちは、爆睡してるスリープシープに近寄ると、

「この子たち、いつもこんな風にすやすや寝てるから、ちょっとやそっとじゃ起きないんだ。でも、あんまり乱暴にしちゃ駄目だよ？」

「では、お言葉に甘えて……お、おおっ！　なんだこの圧倒的心地良さは！」

リンはぬいぐるみをもらった子どもみたいに、うっとりと抱きしめながら、

「こ、こんなにふわふわした魔物がこの世に存在してもいいのか……？　ちょっぴり羨ましいな。是非とも余の迷宮に連れ帰り、思う存分愛《め》でてやりたいほどだ」

「そう？　……良かった、リンが気に入ってくれて」

ここだけの話、いつかスリープシープの枕を作ってみたいなって考えていた。スリープシープって相手を眠らせるスキルを使えるだけに、羊毛には睡眠を促す効果があるらしい。

その羊毛を使った安眠を促せる枕なら、きっと今まで以上にぐっすり寝られるはずだ。

「アリカちゃーんっ！　ここにいたんですねっ。ララ、探してたんですよーっ！」

そんな時、だった。遠くから女の子の声。

そこには、ぴょんぴょんと跳んでいるララちゃんがいた。

「ラフィール村、平和になったんですよね？　それで、リリお姉ちゃんが今夜お祝いしないかって言ってるんです！　だから、村長さんにも相談したくって！」

そっか。避難してたみんなも、もう村に戻ってるんだ。

「うん、いいよーっ！　でも、明日もたくさんお客さん来てくれると思うし、魔物の食材はほどほどにしよっか。……じゃあ、今夜は『狼《おおかみ》の食卓』は貸し切りにしなきゃね？」

「分かりましたっ！　ララも、たっくさん頑張りますね！」

「今日くらいは、お手伝いお休みしてもいいと思うよ？　ララちゃん、女の子なんだから」

「いえ、これはララが楽しくてやってますから！　ララはこの村の皆さんが笑顔で料理を食べてくれるのが一番好きなんです！　……これもアリカちゃんのおかげ、なんですよね」

ララちゃんは遠くで、ぺこり、とお辞儀をして、

「ありがとうございました！　アリカちゃんが村長さんで、ララはとても嬉《うれ》しいですっ！」

ララちゃんが村へと引き返していくと、わたしはリンに振り返り、

「リンも一緒にどう？　ダンジョンじゃ食べれないような料理、たくさんあるよ？」

「ふむ……では、ご馳走《ちそう》になろうか。お嬢の村人たちにも、挨拶がしたかったところだ」

その言葉に、カナンはう－ん、と腕を組むと、

「しかし、まさかベヒーモスと共に食事をする日が来るなんて。何というか、冒険者として間違っているような気が……」

「……カナンさん。リンさんを倒しちゃおう、とか考えちゃやだよ？」

「い、いえ、ニア。そのようなつもりはありません。今夜は楽しい宴《うたげ》ですからね」

「うん、カナンちゃんの言う通りだね。じゃあこれが、新装した『狼の食卓』での初めてのパーティになるのかな？」

みんなは和気藹々《わきあいあい》と談笑していて……ふと、隣にいたリンが呟《つぶや》いた。

「ここは良い村だな。お嬢は近衛《このえ》と信頼関係が築けているようだし、何より飼っている魔物は従順で種類も多い。……余はほっとしたぞ」

「……うん。だってこの村は、わたしたち自慢のラフィール村、なんだもん」

良かった。リン、この村のこと気に入ってくれたのかな。

ほんと、リンにこの村が滅茶苦茶《めちゃくちゃ》にされるって心配してたのが嘘《うそ》みたい。リンが悪い魔物じゃなくて本当に良かった。今だって、優しそうな笑顔を浮かべてるし――。

「何しろ――こうして、着々と魔物の下僕を集めているのだからな。本当に安心したぞ。

……お嬢は立派に、主《あるじ》の大義を受け継いだらしい」

「…………ん？」

……今のって聞き間違い、だよね？　だって、下僕ってなに？　主《あるじ》の大義、って何のこと？

「ね、ねえ……それって、どういうこと？」

「余はお嬢の味方だ。……だから、そろそろ本心を話して欲しい」

誰もが動揺するなかで、唯《ただ》一人リンだけが笑顔のまま、口にする。

わたしたちにとって——あまりに、予想外の言葉を。

「いつ、人間に対して宣戦布告をするのだ？　……お嬢はハデス様のように、人間共を滅ぼすつもりなのだろう？」

それはもう、見事なくらいわたしたちは固まった。

人間を滅ぼすつもりって、そんなスケールのでかいことを、わたしが？

「え、えっと……リン、勘違いしてるよ？　わたし、そんな気全然ないもん」

「ふふ、そんなはずがないだろう。あれだけの魔物がいるのだ、人間共と戦争する以外考えられん。良ければ、余の戦力もお嬢に譲ろう」

「い、いや、そんなことしなくてもいいよ？　ここにいる魔物は、村人のみんなが生活のために飼っているだけだもん。戦争なんて、ちっとも考えてないから」

「……なんだと？」

……あれ、どうしてだろ。

なんか、尋常じゃないくらい空気がぴりぴりしてるんですけど……！

「では、あの異種族と魔物の連中はなんだ。奴《やつ》らはお嬢の配下ではないのか？　村人というのは、人間共の目を欺くための建前では――」

「う、ううん、違うよ？　だって、ここはそういう村だもん。居場所のない異種族と魔物のための村。それが、このラフィール村だもん」

「――待て。ではつまり、お嬢は本当に……？」

「うん。正真正銘のラフィール村の村長、だけど。人間を滅ぼすとか、そんなの考えたこともないよ？　……わたしはただ、ゆる～く楽しく暮らしたいだけだもん」

その直後――ずん、と重い衝撃が大地に走る。

そりゃもう、誰だって呆気《あっけ》に取られるってもんですよ。

だって、リンが踵落《かかとお》としで、傍《そば》にあった柵を粉々に砕いてるんですもの。

「あっ、あーっ！　そ、それ、村人さんの大切な柵なのにっ！」

「ゆる～く、楽しく、だと？　……ふざけるな」

わたしの叫びなど構わず、リンはゆらりと振り返る。

狂獣の名に違《たが》わず、その瞳は憤怒《ふんぬ》に燃えていた。

「貴様はハデス様の娘だろう？　なのに、ハデス様の悲願を果たそうともせず平凡に暮らしたいと抜かすのか。……嗚呼《ああ》、不愉快だ。全く以《もっ》て不愉快だ」

……なんでこうなるかな。

さっきまで、何もかも上手《うま》くいきそうな雰囲気だったのにさあ！

「ちょ、ちょっと待ってよ！　人間を滅ぼせとか、お父さん一言も言ってなかったよ⁉　そんな無茶苦茶《むちゃくちゃ》な教育は受けてないっていうか……！」

「そんなはずがあるか。余の主《あるじ》はかつて、人類から魔王と畏怖された魔物だぞ？　大義を果たせなかった無念は、部下である余も痛いほど理解している」

り、リンって、そんなにお父さんに忠義を尽くしてるんだ……。確かに、五〇〇年もお父さんのこと待ってたんだもんなあ。

「それとも貴様は――本当は、ハデス様の娘ではないのか？」

「えっ……ま、まさか疑ってるの⁉　だって、わたしの身体《からだ》にお父さんの魔力の匂いが沁《し》みついてるって言ったの、リンなんだよ⁉」

「それを差し引いても、貴様には不可解な点が多すぎる。そもそも人間の幼女の時点で違和感はあったのだぞ？　それに、これだけの魔物がいながらのほほんと生きているなど、ハデス様の娘であれば己の不甲斐《ふがい》なさを恥じ、潔く舌を噛《か》み切っているはずだ」

「幼女に対して何でそんな怖いこと言えるかな⁉」

「匂いに関しては、ハデス様の遺物があれば説明も不可能ではない。……貴様、よもやこのリンの前でハデス様の娘を騙《かた》ったのか？　度し難い蛮勇だな」

リンは敵意を込めた眼差《まなざ》しで、ゆっくりとわたしに歩み寄る。

ど、どうしよう。リンを相手に手加減なんて出来ないし――そう思った時だ。

誰かが、まるで庇《かば》うようにわたしを抱きしめた。

シルヴィア、だった。

「あ、あのっ！　お願いですから喧嘩《けんか》は止《や》めませんか？　そ、それ以上近づくなら、リンさんのこと嫌いになりますよ？　……この娘《こ》は私の大切な、ルームメイト、ですから」

「……シルヴィア？」

きっと、怖いんだろうな。シルヴィアの身体は微《かす》かに震えていた。

対して、カナンとニアちゃんは覚悟を決めたように、リンの前に立ち塞がる。

「リンさん、落ち着いて欲しいな？　……ニア、怒るよ？」

「……大した度胸だな。貴様ら、英雄にでもなったつもりか？」

「私たち、だけではないようですけどね。……ここにいるみんなも、ですよ？」

「……えっ？」

振り返り、わたしは驚愕《きょうがく》する。

ウェアウルフがいた。アラクネアがいた。コカトリスがいた。ゴーレムがいた。スリープシープがいてグリフォンがいてドラゴンがいて、そしてスライムとマタンゴがいた。

そこには──圧倒されるくらい、たくさんのモンスターたちが集結していた。

この村で出会った、見慣れたモンスターばかりだった。放牧されていた魔物もいれば、厩舎《きゅうしゃ》の壁を壊して駆けつけてくれた魔物までいる。

みんなは、リンを睨《にら》みつけていて──わたしを、守ろうとしてくれていた。

魔物に囲まれたリンに、カナンは小さく笑いながら、

「あなたが相手にするのはアリカではありません。ラフィール村そのもの、なんです。しかし、これでもきっとあなたには敵《かな》わないんでしょうね。……それでも、私たちは最後まで抵抗しますよ？」

「……小娘一人守るために、これだけ無謀な真似《まね》をするとはな」

リンは、冷めた顔で魔物たちを見渡しながら、

「しかし、これは少し困ったな。これだけいれば加減を誤るかもしれん。主《あるじ》の命令もないというのに、人類や魔物の命を奪うのは余の信念に反する。……今一度聞くぞ、アリカ。貴様は確かに、ハデス様の娘なのだな？」

「……うん、そうだよ。それだけは、絶対に譲れないかな」

「では、証明してくれないか？」

まるで刀剣のような、リンの鋭い眼差《まなざ》し。

「余に、貴様がハデス様の娘であるという証拠を見せて欲しい。もし出来ぬと言うのなら……年端も行かぬ少女といえど、容赦はせんぞ」

「……証拠、かあ」

でも、どうすればいいんだろ。お父さんから譲ってもらったものは持って来てないし、レベルのことを話しても直接的な証拠にならないだろう。

リンが認めてくれるくらい、わたしとお父さんを繋《つな》ぐ絆《きずな》――あっ、そうか。

一つだけ、あった。

わたしがお父さんの娘であるという、確かな証《あかし》。

「うん、出来ると思う。でもそのために……『狂獣の眠る墓』の最奥部まで、案内してくれないかな？」

「……余の迷宮に、だと？」

わたしは、真剣な表情をするカナンたちに笑顔を向けると、

「それと、カナンたちにも見届けて欲しいんだ。……一緒に、来てくれないかな？」

『狂獣の眠る墓』の最奥部には、あっという間に到着した。

何でも、リンはこのダンジョンの支配者だから、帰還用のアイテムを使えば入り口から

最奥部まで一瞬でワープが出来ちゃうみたい。誰も足を踏み入れた形跡のない最奥部。そこは裏ダンジョンにちょっとだけ似てて、不思議と居心地の良さすら感じた。

リンは、愛想なんてちっともない顔をわたしに向けて、

「本当に、ここで貴様がハデス様の娘であるという証《あかし》を見せてくれるんだろうな?」

「任せてよ。確認したいんだけど、このフロアって魔物がいないの?」

「ああ。普段であれば召使いくらいはおるが、今は上の階層に引き払うよう命じてある」

「……アリカ。あなたは、何をしようとしているんですか?」

カナンの緊迫した声音に、わたしは、

「今から、みんなにはわたしの魔法を見てもらいたいんだ。わたしがお父さんから教えてもらった、唯一無二の魔法、なんだよ?」

リンはわたしにこう言った。お前は、ハデスの娘ではないのではないか、って。

冗談じゃない、とすら思う。

わたしは確かに、お父さんに拾われて一〇年間っていう長い月日を一緒に過ごしてきた。

それも、お父さんがいなければとっくに死んでいた、過酷な裏ダンジョンで。

お父さんがいたからこそ、今のわたしがいて——だからこそ、証明しようと思う。

たとえ人間の幼女でも、わたしが冥王ハデスの娘であるということを。

「初めに謝っとくね。……ごめんね、リン」

わたしは、手を掲げてぽつりと口にする。

「このフロア、丸ごと失《な》くなっちゃうから」

「……………えっ？」

そう疑問の声を零《こぼ》したのは、リンではなくカナン。

「冥府より生まれ出《い》でて、光に叛逆《はんぎゃく》し闇を支配する力よ。幽玄の果てより、冥王の名において命ずる──」

わたしは歌うように詠唱を始め──直後、ダンジョン全体が大きく鳴動する。

「じ、地震？　これ、何が起こってるの……？」

シルヴィアたちが動揺する間にも、揺れはよりひどくなっていく。そして、真上からは野獣の咆哮《ほうこう》が聞こえ……ぽつりと、ニアちゃんが呟《つぶや》いた。

「これは……まさか、上のフロアにいる魔物たちが、逃げてるの？」

「えっ……？　しかし、ここは『狂獣の眠る墓』ですよ？　高難易度ダンジョンに棲《す》む魔物たちが、詠唱の段階で退避を始めるなんて……」

「そんな馬鹿な。これは、まさか──ハデス様の魔法かっ⁉」

リンの叫び声に、シルヴィアが弾《はじ》かれたように反応する。

「ハデス様って……あ、あの魔王さんの魔法なんですか⁉　じゃ、じゃあ、それってとっても危ないんじゃ……？」

「危ない、などという生ぬるい言葉では済むものか。余の主《あるじ》が冥王たる所以《ゆえん》は、この魔法を創ったからなのだぞ？　それを使えるとは、まさか貴様は本当に……!?」

愕然《がくぜん》としたように、リンがわたしの手に形勢される黒い魔力の塊を見つめる。

それは、わたしとお父さんだけが使える、どんな魔物にも負けない最強の魔法。

その名は——冥王魔法。

「これが、お父さんから受け継いだわたしの魔法——『煉獄の劫火《インフェルノ》』っ！」

気合と共に魔力の塊を放ち——視界が、漆黒に塗り潰される。

巻き起こった暴風に、わたしたちは目を閉じて……そこに、もう迷宮なんてなかった。

あるのは、広大な荒地で燃え盛る、黒い焔《ほのお》。

その焔は一〇〇年という時が流れようとも決して消えることはなく、まるで呪いのようにあらゆるものを焼き尽くす、地獄の業火とも恐れられる獄炎。

それが、この冥王魔法だった。

ちょっとした達成感に満足しつつ、わたしは振り返る。

「ふう……。どう、かな。これで少しは信じてくれた？」

「「「…………………」」」

カナンたちは——明らかにドン引きしたように、わたしを見ていたのだった。

「あれっ⁉　み、みんな、どうしたの？　わたし、こんなに頑張ったのに⁉」

「……アリカ。私はもう、現実を受け止めきれません」

うわぁ……とでも言いたげな顔で、カナンは、

「アリカは一度、幼女という存在と向き合った方が良いと思うのです。魔物と仲良くなれるスキルを持っているのは良いでしょう。レベルが99なのも、まあ許容範囲です。しかし、幼女が魔王と同じ魔法を使えるというのは、ちょっと……」

「そ、そんなこと言わないでよっ！　仕方ないじゃん、何か使えちゃったんだから！　幼女っぽくないってことはわたしだってよく分かってるもん！」

わたしはほとんど涙目で、カナンをぽかぽかと叩《たた》き……すぐ傍《そば》で、誰かの笑い声。

リンが、愉快で仕方ないって感じで、お腹《なか》を抱えて笑っていた。

「──はは、あはははははっ！」

「えっ……り、リン？」

「……ああ、すまない。つい嬉《うれ》しくなってな。余の主の魔法を見るなど、五〇〇年以来だったのだ。それも、こんな可愛《かわい》らしい娘が使えるなんて……ふふ」

リンは目元に浮かんだ涙を指で掬《すく》うと、片膝をつき頭を下げる。

「今までの数々の非礼、深く詫《わ》びよう。……本当に申し訳なかった。主のお嬢様にあのような無礼を働くなど、あってはならないというのに」

「別にいいよ？　あの時のリンってちょっと怖かったけど、結果良ければ全て良しってことで。……それくらい、わたしのお父さんを尊敬してた、ってことだもんね」

顔を上げたリンは、笑顔を浮かべていた。

「しかし、あのハデス様の娘が、小さな村で暮らしているだけとはな。……お嬢ほどのお方であれば、どんな願いでも叶《かな》うというのに」

「……リンってばおかしなこと言うんだね。願いならもう叶ってるのに」

わたしの言葉に、リンは目を丸くする。

「だって、こんなに毎日が楽しいんだもん。村の魔物たちと遊んだり、村人さんのお手伝いをしたり、美味《おい》しいご飯を食べたり。あっ、願いがあるとしたら、もっと素敵な村にしたいことかな。そうしたら、わたしも今よりゆるゆるな暮らしが出来ると思うから」

そして、わたしは幼女らしく微笑《ほほえ》む。

「わたしはラフィール村の村長で——すごく、幸せなんだよ？」

「……はは、そうか。魔王のお嬢様が、よもや小さな村の村長を望むとは。しかし、そんな女の子がいてもいいのかもしれないな」

「じゃあ、一緒にラフィール村で暮らしてみる？　リンなら大歓迎だよ」

「……お嬢の傍《そば》にいたい気持ちはあるが、遠慮しておこう。今は、余はこの迷宮の王だからな。たまにお嬢が顔を見せてくれれば、それで十分だ」

「そう？　ちょっと残念だな……」

わたしはカナンたちに振り返ると、

「それと……みんなも、わたしの我がままに付き合ってくれてありがと」

「アリカちゃんのお願いなんだもん。これくらいへっちゃらだよ？　……でも、さっきの魔法を見せるのが、アリカちゃんがしたかったことなの？」

「わたしがお父さんの娘だってこと、ちゃんと知って欲しかったんだ。わたしってみんなに言えないことがあるけど、出来るだけ隠し事はしたくないから」

わたしは後ろめたさに耐えるように、みんなから目を背ける。

「このこと伝えるの、怖かったんだけどね。わたしはお父さんのこと好きだけど、この世界では魔王だったから。本当に、わたしがみんなと一緒にいてもいいのかなって――」

「そんなの、関係ないよ？　アリカおねーちゃんは、アリカおねーちゃんだもん」

ニアちゃんはわたしの手に触れると、ぽん、と自分の銀色の髪に置く。

「ニアにとってのおねーちゃんは、アリカおねーちゃんだけだから。魔王さんの娘でも、ニアは一緒にいたいの。……だから、これからもなでなで、して欲しいな？」

「全くですね。それに、アリカとはいつかまた迷宮攻略をすると、約束しましたから」

カナンは、気恥ずかしそうにそっぽを向いて、

「だ、だから、アリカはもっと笑ってください。……私は、アリカの笑顔が好きですから」

「わっ、そんな素直な言葉がカナンちゃんから聞けるなんて……！　やっぱりカナンちゃんも、アリカちゃんのこと好きなんだね？」

そのみんなの言葉に、救われたような気さえした。

ここにいるみんなは、まだわたしの隣にいたいって言ってくれるんだ。

「……ありがと。えっと、それとね——みんな、大好きだよ」

「……うんっ！　私もアリカちゃんのこと、愛してるよっ！」

もう我慢できないっ、って感じでぎゅ～っと抱きしめてくれるシルヴィア。

そのぬくもりに包まれながら、わたしは笑顔のままで、

「良かったあ。……うん、すごく安心しちゃった。ラフィール村も無事だったし、これでちょっとは村長らしいこと出来たかな？」

「ええ、女の子なのに大したものですよ。ただ、アリカは完全に気を抜いていますが……恐らく、村長の仕事はまだ終わりではありませんよ？」

「……えっ？」

カナンの意味深な言葉に、わたしはただきょとんとするばかりだった。

その疑問が解けたのは、それから一時間くらい経《た》った後のことである。

「……なるほどなー。こういうことかあ」

わたしがいるのは、『狼《おおかみ》の食卓』。

そこには——ラフィール村に暮らす異種族と魔物のみんなが、木製のコップを手にしたまま、わたしを見つめていた。

ほんと、みんな律儀っていうか、真面目《まじめ》っていうか。

まさか、料理にもお酒にも手をつけないで、わたしたちのことを待ってたなんて。

「てっきり、もうみんな食べてると思ってたのにな。……別に、わたしたちがいなくても、先にお祝いを始めてくれても良かったんだよ？」

「いえ、そんなの駄目ですっ！　だって、この村の村長さんはアリカちゃんですから！」

メイド姿で給仕をしていたララちゃんは、太陽みたいな笑顔で、

「だからこの村のお祝い事は、アリカちゃんが乾杯の挨拶をしてから、だと思うんです！ここにいる皆さんも同じ気持ちですから！　……でも、アリカちゃんたち、何処《どこ》に行ってたんですか？　村中探しましたけど、いませんでしたよ？」

「……それは秘密、かな」

村人みんなが首を傾《かし》げるなか、わたしは笑いながら、

「それより、みんな待たせちゃってごめんね。……ラフィール村がなくなるかもって、す

ごく不安だったと思いますけど、また明日からいつもの一日が始まります。皆さんがいたからこの村もちょっとずつ大きくなっていて——きっとこれからも、今まで以上に素敵な毎日が訪れると思うんです」

おーっ！と、村人みんなの歓声が店内に響き渡る。

「だから、今日はラフィール村の平和を祝いましょう。……皆さん、飲み物の準備は良いですか？」

わたしは、改めて村人のみんなを見渡す。

アリアルさんはスケルトンのはずなのに意気揚々とコップを掲げていて、ゴーストのラウラさんは店内が狭くならないように天井近くでふよふよと浮いている。鬼人族のセシリアさんは今か今かと料理を見つめ、そんな彼女にアルウラネのアルラさんは呆《あき》れたような顔をしていた。

そして、隅のテーブルには、小さな笑みを浮かべるルームメイトのみんな。

……こうして。

「じゃあ、皆さん——かんぱいっ！」

今日もまた、ラフィール村は暮れていく。

epilogue

エピローグ

昨日の大騒ぎが嘘《うそ》みたいに、今朝の空はいつものように晴れ渡っていた。

「一緒に付いてきてくれてありがと。なんか、無理に付き合わせちゃったかな」

隣にいるみんなに話しかけると、カナンは小さく首を振って、

「いえ、構いませんよ。昨日はリンの襲来で村全体が大騒ぎでしたから。見回りくらい、私たちも喜んで協力します」

「うん、カナンちゃんの言う通りだね。……ところでずっと気になってたんだけど、アリカちゃんが付けてるそれ、どうしたの？」

シルヴィアは不思議そうに、わたしの腕にある腕章を見つめる。

それは、カナンと初めて出会った夜。間違って『そんちょう』とひらがなで書いてしまい、戸棚の奥深くに封印していた腕章だ。

「あっ、これ？　名札的な物が欲しいなって、前々から思ってたから。幼女が村長なんて誰も信じないし、あった方が良いかなって」

「そうなの？　でも、見たことない文字だね。違う国の言葉なのかな」

まあ、シルヴィアがそう言うのも仕方ない。この国の言語で『村長』って小さく補足してはいるけど、ひらがなの方が目立ってしまってるんだから。

ただ、飾り的な意味で言えば目を惹《ひ》くから、これも悪くないかなって思うし……何より
も、腕章がなければ困るのだと思う。
きっと、これから少しずつ、ラフィール村に人が集まるはずだから。
ふと、ニアちゃんはわたしの腕章を見つめると、
「その小さな文字、村長、って読むんだよね？　……ニア、合ってる？」
「うん、正解だよ。まだ小さいのに文字が読めるなんて、偉いね」
「そう、かな？　……ニア、アリカおねーちゃんに喜んで欲しいから。村長のお仕事だっ
てたくさんお手伝いするよ？　今日はどんなことするの？」
「えっと、そうだね――」
わたしは片手で指折り数えながら、
「まずは、ドラゴの散歩でしょ？　あとは、キラーワスプの巣からロイヤルゼリーを採取
して欲しいってお願いされてるし、そういえば新種の植物に毒花粉を撒《ま》く蝶《ちょう》が群がって困
ってる、とか頼まれたっけ」
「全部下手をすれば死にかねないものばかりですね……」
「でも、全部あっさり終わっちゃうから楽といえば楽だよ？」
あと、宿屋のこともみんなに相談したいし、ニアちゃんが言ってたお菓子屋さんだって
興味がある。こう考えてみると、わたしがやりたいことって結構あるな。

でも、無理しない程度にゆっくり一つずつ叶《かな》えていけばいっか。

これからもずっと、ラフィール村の日々は続くんだから。

……そんなとき、だった。

「……えっ？」

突然、シルヴィアが驚いたように立ち止まった。

見れば、村の入り口には見慣れない獣人族の少女がいた。年齢は一〇代後半くらいかな、狐《きつね》の耳をした少女だ。

あの娘《こ》、どうしたんだろう。じっと村を見つめてるけど……。

「あの少女、この村に用があるんでしょうか？　『狼《おおかみ》の食卓』か、それともこの村の特産物に興味があるのか。……アリカ。ここは、あなたにお任せします」

「……えっ、わたし？」

きょとんとしていると、ニアちゃんがカナンの言葉に同調するように、

「ニアもそう思う。お客さんをお迎えするのはアリカおねーちゃんのお仕事、だもん」

……ああ、なるほど。確かにその通りだ。

「うん、そっか。そうだよね。みんな、ちょっと待っててね」

「あっ、アリカちゃんっ⁉　えっと、えっと……！」

背後からあわあわしたシルヴィアの声がしたけど、その時にはもう、わたしは狐耳《きつねみみ》の少

女の許《もと》へと駆け寄っていた。

「初めまして。この村に何かご用ですか？」

「ん？　うむ、まあな」

少女は、不愛想な表情でラフィール村を見つめながら、

「先日、『狂獣の眠る墓』のベヒーモスが目覚めた、と聞いてな。この村が心配になって様子を見に来たのじゃ。……されど、拍子抜けするほど平和なのはどういうことだ？」

古風な喋《しゃべ》り方をした少女は、怪訝《けげん》そうに村の様子を眺めた。

狐耳の女の子が勘違いするのも無理はない。何しろ、領主さんはまだ避難勧告を取り下げてないんだから。ベヒーモスが人類の脅威じゃないって知ってるのは、ラフィール村の人たちだけだ。

やがて、狐耳の少女はわたしにジト目を剥《む》けると、

「いや、それよりそなたは何者なのだ。随分と幼いようだが……待て。その腕章は――」

「えっと……自己紹介、させてもらってもいいですか？」

わたしは精一杯の笑みを浮かべて、はっきりと口にする。

それは、この村に来た人に伝えなければならない、お約束の言葉。

「異種族と魔物が共存するラフィール村へようこそ――わたしが村長のアリカですっ！」

「……村長、だと？　どういうことじゃ。よもや、村の者共はこんな童女に村長代理を託したわけではあるまいな」

……あれ、どうしたんだろ。

なんか、すごく尖《とが》った眼差《まなざ》しでわたしを睨《にら》んでるような……。

「いや、待て。先程からずっと気になっておったが、この匂い……汝《うぬ》は人間、ではないか？」

狐耳《きつねみみ》の少女は、明らかに不機嫌な表情でシルヴィアに叫んだ。

「説明せよ、シルヴィア。どうしてこの村に人間がおるのだ。……ラフィール村の鉄の掟《おきて》、忘れたわけではなかろう？」

「えっ……シルヴィア。この女の子と知り合いなの？」

「……知り合いっていうか、何ていうか」

わたしも、カナンも、それにニアちゃんも。目を丸くしたままシルヴィアを見つめて

――やがて、誰一人予想してなかっただろう言葉を、口にした。

「……半年前に出て行った、前の村長さん、なんだよね」

あとがき

突然ですが、わたくしこと弥生志郎《やよいしろう》は、わりかし田舎の方に暮らしています。で、この田舎暮らしですが、結構めんどくさいことも多いわけです。付き合いで消防団なる組織に入ったり、あるいは飲み会に行ったり。決して嫌いではないのだけど、正直義務感で参加してるよなあって思うようなイベントがある今日この頃。

この小説を書こうと思ったのは、多分そんなもやもやが根っこにあったからです。自分の理想の暮らしってなんだろう。たとえば、魔物の食材を使った料理を食べたり、村人のために好きに村を発展させたり、可愛《かわい》い女の子と同居したり……そんな憧れを詰め込んだのが、幼女村長ことアリカが暮らすラフィール村です。

なので、もしこれを読んでくれた誰かが少しでも、ラフィール村に行ってみたいなあ、なんて思ってくれたのなら。自分も、それに村長であるアリカも大喜びするでしょう。

最後に、イラストレーターの夜《や》ノみつき様。担当編集者様。この作品に携わって頂いた全ての方々。何よりも、この本を手に取ってくれたあなたへ深い感謝を。

ありがとうございました。縁があるならば、また次巻もお付き合いくださいませ。

MF文庫J

異世界スーパー幼女村長☆彡 裏ダンジョンで暮らしていた幼女ですが、のんびり村長ライフ始めました

2019年3月25日　初版発行

著者　弥生志郎

発行者　三坂泰二

発行　株式会社 KADOKAWA
〒102-8177 東京都千代田区富士見2-13-3
0570-002-001（ナビダイヤル）

印刷　株式会社廣済堂

製本　株式会社廣済堂

Printed in Japan　ISBN 978-4-04-065627-4 C0193

【 ファンレター、作品のご感想をお待ちしています 】
〒102-0071 東京都千代田区富士見2-13-12
株式会社KADOKAWA　MF文庫J編集部気付「弥生志郎先生」係「夜ノみつき先生」係